병원 다니지 않고 사는 법

병원 다니지 않고 사는 법

발행일	2016년 8월 26일			
지은이	조 건 제			
펴낸이	손 형 국			
펴낸곳	(주)북랩			
편집인	김향인	편집	김향인, 권유선, 김예지, 김송이
디자인	이현수, 이정아, 김민하	제작	박기성, 황동현, 구성우
마케팅	김회란, 박진관, 오선아			
출판등록	2004. 12. 1(제2012-000051호)			
주소	서울시 금천구 가산디지털 1로 168, 우림라이온스밸리 B동 B113, 114호			
홈페이지	www.book.co.kr			
전화번호	(02)2026-5777	팩스	(02)2026-5747
ISBN	979-11-5987-188-7 03810(종이책)		979-11-5987-189-4 05810(전자책)

이 도서의 국립중앙도서관 출판예정도서목록(CIP)은 서지정보유통지원시스템 홈페이지(http://seoji.nl.go.kr)
와 국가자료공동목록시스템(http://www.nl.go.kr/kolisnet)에서 이용하실 수 있습니다.
(CIP제어번호 : CIP2016020490)

성공한 사람들은 예외없이 기개가 남다르다고 합니다.
어려움에도 꺾이지 않았던 당신의 의기를 책에 담아보지 않으시렵니까?
책으로 펴내고 싶은 원고를 메일(book@book.co.kr)로 보내주세요.
성공출판의 파트너 북랩이 함께하겠습니다.

우리 산야에서 되찾은
건강한 삶 이야기

병원
다니지
않고
사는 법

조건제 지음

개헌정국에 기폭제가 될 저자의
파격적인 특별제언 〈득표비례
10년 분할 대통령 임기제〉

북랩 book Lab

필자는 공무원 정년 10여 년을 남겨 놓고 50대 초에 은퇴 생활에 들어갔다. 지인들은 명퇴 신청도 하지 않고 무모한 결정을 한게 아니냐고 우려도 하고 한편으로는 궁금해하기도 했다. 제 딴엔장고 끝에 내린 혁명적 결단이었지만 주위에선 의외로 궁색하고 사치스럽게 보는 듯싶기도 했다.

실은 그동안 50평생을 앞만 보고 달려오다 보니 중고 자동차처럼 몸의 이곳저곳에 문제가 생겼다. 허리 디스크, 고지혈증, 고혈압, 당뇨, 만성 위궤양, 만성 비염, 이명耳鳴, 녹내장綠內障 등 이른바'폐차 직전의 중고 자동차라는 자각自覺이 들 정도였다. 많은 현대인들이 그렇듯 인생 전반기엔 오직 제왕帝王이 되기 위해 앞만 보고뛰다가 소중한 건강을 잃는 경우가 많은 것 같다.

이대로는 안 되겠다 싶어 건강을 위해 생활의 변화가 필요하다는 생각으로 제2의 삶을 꿈꿔 오던 차에, 우연히 헌 잡지에서 발견한 "병든 제왕보다 건강한 구두 수선공이 행복하다."라는 서양속담 한 구절이 삶의 향방向方을 180도로 바꾸는 계기가 되었던 것이다. 보이지 않는 손이 뒤통수를 치는 충격이었다. "자연에서 멀어지면 병과 가까워지고 자연에 가까워지면 병에서 멀어진다."는 생각으로 자연에 다가서기로 했다.

30년 공직 생활을 선뜻 접고 제2의 삶에 도전하는 것은 두려움과 기대가 교차하는 일이었다. 그동안 미흡했던 의학이나 건강 서적들(특히 일본과 한국의 자연주의 의학서적 등)을 탐독도 하고, 실제 우리 산과 들을 누비고 다니며 산야초 공부도 하고 전반기 삶을 돌이켜 보기도 하고 나날이 삶의 생기生氣를 찾을 수 있었다.

특히 평소 좋아하던 등산을 마음껏 할 수 있어 행복했다. 매스컴 등에서 불치병에 걸린 사람이 등산을 하거나 아예 산속에 들어가 살면서 건강을 회복했다는 이야기에 고무되어 병원에 다니는 대신 산에 다니는 길을 택했다. 설악산, 속리산이 아니라도 집주변의 이름 없는 산들이 더 친근하게 맞아준다. 삼천리금수강산三千里錦繡江山 우리나라 산야는 버릴 것이 없다. 황무지도 없고 사막도 없다. 어딜 가나 빈틈없이 자리잡은 온갖 산야초가 반갑고 정겹다. 우리 민족의 우수함이 이렇게 빼어난 우리 산야를 닮았다는 생각이 들 정도로 우리 산야는 풍성하고 아름답다.

이렇게 1년, 2년 등산도 하고 산야초 채취도 하다 보니 여러 가지 잔병들이 개선되었고 이에 고무되어 산야초 위주의 자연식과 수년 동안 연구하고 구상해온 족삼리 운동과 말춤 운동을 병행함으로써 등산보다 몇 곱절 더 뛰어난 효과를 경험하게 되었다.

족삼리 운동은 구당灸堂 김남수 님의 무극보양뜸 13개 혈자리 중에서도 가장 중요한 혈자리로 가장 편안한 자세로 등대고 누워 족삼리를 지압하며 몸을 좌우로 흔들어 줌으로써 사색과 명상 그리고 운동과 지압을 아우르는 1석 3조의 운동이다. 게다가 몇 시간을 계속해도 지치거나 무리가 없는, 세상에서 가장 편한 운동이라는 강점이 있다. 특히 사색과 명상에는 더 이상 좋을 수는 없다고 할 만큼 기대 이상의 장점이 있다.

말춤 운동은 세계적으로 인정받고 있는 니시의 모관운동에, 세계인이 즐기는 싸이의 말춤, 일지 이승헌의 고개 흔들기(뇌파진동), 박장대소 웃음운동을 복합한 1석 4조의 운동이다. 게다가 다른 운동에 없는 '춤'이라는 흥취興趣가 있어 즐기면서 운동할 수 있다는 게 최대의 강점이다.

"어떤 일을 잘하는 사람보다 열심히 하는 사람이 이기고, 열심히 하는 사람보다 그 일을 즐기는 사람이 이긴다"는 이야기처럼 운동을 즐길 수 있다면 그야말로 최상, 최고의 건강 비결이 될 수 있지 않을까?

이 두 운동은 등산보다 편하고 번거롭지 않으며 그 효과는 더 좋은 착한 운동이다.

두 운동의 맥을 이해하고 하루에 수시간 이상씩 즐기면, 사람을 살리고, 운명이 바뀌고 병원에 다닐 일이 없어질 것이라고 몇 번이고 강조하고 싶다.

따라서 새벽에 1~2시간, 잠자기 전에 30분씩 두 운동을 즐겨온 지 5년, 10년이 지나면서 기적 같은 일들이 일어났다.

30여 년 된 비염으로 아침마다 하던 잦은 재채기가 없어지고 한쪽 코가 막히는 증세도 사라졌다. 허리 디스크와 고혈압 당뇨 등 전술한 대부분의 질환들이 거의 정상으로 개선되었다. 특히 최근 10여 년 동안 감기를 모르고 살 정도로 건강체질이 되었다.

자연에 가까이하면 병에 멀어진다는 사실을 체득한 소중한 경험이었다. 이러한 기적 같은 사실을 혼자 하기는 너무 아까워 보다 많은 사람에게 알리고 싶은 생각이 들어 가족이나 지인들에게 설명도 하고 권유도 한다. 건강은 병원에서 얻어지는 것이 아니고 스스로 갈고 닦고 쟁취하는 것이라고 노래 부르며 가족이나 지인들에게 전수傳修해 보지만 생각처럼 만만한 일은 아니었다.

따라서 보다 많은 사람에게 체계적으로 전하기 위해 20여 년 동안의 과정과 체험담을 조금씩 컴퓨터에 모아 왔다. 앞으로 10년 20년을 더 두고 다양한 체험과 검증을 거친 뒤 자서전 삼아 후세에 전하고 싶은 생각이었다.

서툰 타법이 점점 익숙해지고 글쓰기에 재미를 붙여가며 이것저것 쓰다 보니 계획에 없던 정치 얘기를 다루게 되었고, 국민의 한 사람으로서 '답답한 우리 정치를 바꿀 묘안妙案은 없을까?' 하는 생각을 하게 되었다.

지난 18대 대선에서 1위 박근혜 후보 '51.6%'와 2위 문재인 후보 '48%'는 불과 3% 차이로 승패勝敗가 갈렸다. 표심票心의 48%가 사표死票가 된 것이다. 2위에게도 득표에 합당한 임기를 부여한다면 사표死票된 민심을 살리고, 새 정권 발목 잡는 국정 낭비도 줄어들 것이다.

따라서 2위에게도 득표만큼의 임기를 부여하는 <득표비례 10년 분할 대통령 임기제>를 구상하게 되었다. 아직 작은 아이디어에 불과하지만 각계의 전문가들과 많은 국민들의 지혜를 모아 잘 다듬고 보완한다면 답답한 우리 정치를 크게 개선시킬 수도 있을 것으로 여겨져, 때마침 다양하게 분출되는 개헌 논의에 참고가 되었으면 하는 바람으로, 당초 계획보다 10년~20년 앞당겨 미흡한 글을 세상에 내놓게 되었다.

지금 국민들은 모처럼의 개헌이 특정 집단이나 기득권을 위한 정치적 개헌이 될까 봐 우려하고 있다. 혹자는 국회에 개헌을 맡기는 것은 국가적 자살행위라고 혹평하기도 한다. 지금이 바로 국민과 국가의 미래를 위한 개헌을 이루기 위해 온 국민의 지혜를 모아야 할 때라고 여겨진다. 본 <득표비례 10년 분할 대통령 임기제>가 온 국민의 지혜를 모으는 데 한 알의 씨앗이 되었으면 한다.

한낱 은퇴한 약초꾼이 초보운전으로 쓴 글이 좌충우돌하여 혹여 일부 정치인들에게 상처가 되지 않았나 유감스럽기 그지없다. 다만 일부 지탄받는 정치인들에 대한 민심의 발로일 뿐 정치권 전체에 대한 국민들의 사랑과 존경을 부정하는 의도는 아니라는 점

과 우리 정치도 타 분야처럼 세계 일류국가 반열班列에 우뚝 서기
를 바라는 충정으로 받아 주시기 바란다.

2016년 8월 20일
조건제

| 차 례 |

【1부】

병원 다니지 않고 사는 법

/

1000배拜의 기적

/

1

KBS1 TV에서 방영되는 〈강연 100℃〉를 거의 빠짐없이 본다. 객지에 있는 자식들에게도, 전화나 문자로 보도록 권장도 한다.

삶의 현장에서 갖은 고난과 역경을 딛고 일어서는 생생한 모습들이 감동을 주기 때문이다. 이 시대를 사는 다양한 사람들의 체험적 이야기에서 책이나 소설에서 느낄 수 없는 살아있는 강인한 감동을 받을 수 있는 것이다.

그중 33년째 매일 1000배拜를 수행하여 뇌성마비를 극복하고, 화가이자 대학교수가 된 한경애 씨의 이야기는 보다 많은 사람에게 알리고 싶을 만큼 감동적이었다.

1.6kg의 미숙아로 태어나 뇌성마비 진단을 받았고, 7살 때 몸이

화석처럼 굳어 물 한 모금 마시기 어려울 지경까지 가서 사경死境을 헤매게 된다. 그러나 어머니의 간절한 노력으로, 성철 스님을 뵙기 위해 해인사 백련암을 찾아가 모녀는 3일 동안 3000배를 했고, 스님께서는 죽지 않고 살고 싶으면 매일 1000배를 하라고 하셨다. 스님 말씀을 지상 명령으로 받아들여, 1000배를 시작하면서 굳은 몸이 조금씩 풀리기 시작했다.

그 후 장애인 학교에 다니며 그림 그리기의 꿈을 키웠고, 고졸 검정 시험에 합격하고 꿈꾸던 미술 대학에 세 번이나 실패하고, 경영학과에 입학한다. 다시 그림에 대한 꿈을 키우기 위해 꾸준히 노력하여 홍익대학교 미술 대학원에 진학하여 박사 학위를 취득하였고, 지금은 개인전을 갖는 훌륭한 화가가 되었다.

2

명작 소설이나, 좋은 영화, 훌륭한 예술품을 감상하면, 그 진한 감동이 오래 남는다. 나는 〈1000배拜의 기적〉을 보고 어느 훌륭한 예술품보다 오랫동안 잊혀지지 않았다. 그래서 주변의 젊은이들, 삶에 지쳐 힘들어하는 이들에게 이 이야기를 들려주곤 한다.

불교의 108배라는 말은 알고 있으나, 〈1000배〉는 처음 들어본 얘기다. 해본 사람은 알겠지만 108배도 결코 쉬운 일이 아니다. 일반인들도 108배를 수년간 계속할 수 있다면 웬만한 병쯤은 자신도 모르게 사라질 것이라는 생각이 든다. 실제로 108배를 꾸준히 해서 건강을 얻고 성공적인 인생을 사는 사례는 우리 주변에서 심심찮게 볼 수 있다.

하물며 1000배를 하루도 빠짐없이 수년 동안 계속한다면 이 세상에 이루지 못할 일이 어디 있겠는가?

아무리 좋은 운동도 꾸준히 장기간 하지 않으면 효과를 기대하기 힘들다. 또한 아무리 좋은 운동도 동작이 까다롭거나, 번거로우면 꾸준히 하기 힘들다.

따라서 건강을 위한 모든 운동 중 가장 단순하고 쉬운 운동이 걷기가 아닌가 싶다. 하루에 3㎞씩 매일 걸으면 모든 병을 막아낼 수 있다고 주장하는 건강 강사의 주장도 있고, 걷기가 최고의 운동이라고 많은 의사들도 입을 모은다. 걷기가 쉽고 단순하며 오랫동안 계속할 수 있기 때문일 것이다.

절을 하는 동작은 요가나 스트레칭 등에 비해 비교적 단순하고 번거롭지도 않다. 특히 절을 할 때 기도하는 간절한 마음, 겸손한 마음 등 마음가짐도 건강에 큰 도움이 될 것으로 여겨진다.

따라서 가장 단순하고 쉬우면서도 건강 효과가 큰 운동이 걷기라면, 걷기만큼 단순하고, 쉬우면서 건강 효과가 더 큰 운동이 바로 '1000배'라는 생각이 든다. 쉬우면서도 관절을 더 많이 움직여야 되고 간절히 기도하는 정신적 수양 효과가 극대화되어 〈1000배의 기적〉이 가능했던 것이다.

〈1000배의 기적〉은 이후 필자의 삶에 결정적인 영향을 끼치게 되었다. 정신적 신체적 '멘토'가 되었다. 나는 생활 속에서 일이 잘 안 되거나 힘들 때, 〈1000배의 기적〉을 상기해 보곤 한다. 그동안 한번이라도 목표를 위해 이렇게 절실한 마음으로 꾸준히 노력한 적이 있었는가? 반성도 해 보고 다짐도 해본다.

그리고 매일 새벽 실시하고 있는 1. 니시의 모관운동 2. 족삼리 운동 3. 말춤 운동 4. 손·발뼉 치기 운동 등을 1000배를 하는 심정으로 더욱 열심히 해서 놀라운 성과를 거둘 수 있었다.

한 방울씩 떨어지는 빗방울이 바위를 뚫듯 어떤 일이든 1000배를 하듯 매일매일 꾸준히 한다면, 세상에 불가능한 일이 어디 있겠는가?

누구든, 어떤 어려움이든 〈1000배의 기적〉 같은 절실한 마음으로 도전하면 아니 될 일이 없을 것 같다.

넝쿨째 굴러온 약산

/

1

좋은 산야초는 양지 산보다 음지 산에 많이 자생한다. 음지 산이 햇볕도 적당히 받고 습기가 많아 쌓인 낙엽이 잘 발효되어 거름이 풍부하기 때문이다. 내가 사계절 자주 찾는 한적한 깊은 골짜기도 북향의 음지 산이다. 이른 봄부터 개울가 습한 곳에 돌나물이 양탄자처럼 깔리고 쑥, 냉이, 달래, 엉겅퀴, 민들레, 씀바귀, 참나물, 취나물과 야생 뽕나무, 칡 넝쿨, 으름 넝쿨, 다래 넝쿨이 반겨주는 곳!

10여 년 동안 이 산 저 산 다 다녀봤지만 이곳이 가장 애착이 가는 보석 같은 약산이다. 산주山主가 누군지 궁금하여 산 중턱의 500여 평 자갈밭을 일구고 있는 구면의 할아버지께 사연을 들어봤다.

자신은 은퇴한 목사이고, 7년 전 자기 교회 신도 한 분이 미국으로 이민 가게 되어 팔려고 했으나 수자원 보호구역이라 매매가 안 되어 그냥 떠나고, 본인이 7년째 농사를 짓고 있으나, 자갈밭이라 경제성도 없고 고령에 힘이 부친다고 하셨다. 이야기 도중 이 산에 대한 애착이 있어 매매나 장기 임대를 부탁하니, "잠깐 왔다 가는 인생, 땅에 대한 욕심을 가질 필요가 있겠는가?"라고 반문하셨다. 어차피 자기도 고령으로 힘에 부치니, 반씩 나누어 짓자고 역제의를 하셨고 그 후 3년 동안 밭 이웃으로 돈독하게 지냈다.

2

목사님과 생활하면서 땅을 소유하려던 내 생각이 어리석고 부질 없는 일로 느껴졌다. 성철 스님은 "저 아름다운 산들이 모두 내 소유가 아니어서 공짜로 구경하고 감상할 수 있어 행복하다"고 하셨다 한다. 지구는 인간을 포함한 모든 동식물들의 삶의 터전이다.

그 많은 땅을 소유했던 유병헌 씨의 말로에서 우리는 무엇을 느꼈던가? 어디서 왔다 어디로 가는지도 모르고, 잠깐 왔다 가는 인생, 많은 땅을 소유하려는 욕심은 부질없는 짓으로 생각된다.

300여 년 전, 장 자크 루소는 자연주의 자유를 강조하며 "토지에 울타리를 두르고 분할 소유하면서 부자와 빈자가 갈리고, 주인과 노예가 생겼으며 불평등이 지배하는 사회가 되었다"고 주장했다.

목사님은 그 흔한 핸드폰도 자가용도 없다. 내가 운전기사 겸 통신사 역할을 했고, 인적 없는 산속 나라에서 자기는 대통령 나는 국무총리로 칭했다.

큰 야생 뽕나무 밑에 허름한 움막을 짓고, 기도원으로 사용했고 안에는 성경책을 비롯한 건강관련 서적 등 꽤 많은 책과 산야초 발효액 항아리가 여러 개 묻혀 있다. 당뇨와 고혈압이 있어 주변에 널려 있는 돼지감자 발효액을 중심으로, 오디. 산딸기. 야생 다래. 개복숭아. 꾸지뽕 열매. 버찌. 칡뿌리 발효액 등 대부분 야생 그대로여서 진품 명품이라 자랑하신다. 나도 관심이 많은 터라 동호인으로 참여하기로 했다. 그러나 3년이 채 못 되어 도시의 가족한테 돌아가셨고 나만의 왕국이 되었다,

3

이민 갔다고 하지만 주인이 언제 돌아올지도 모르고, 수자원보호구역이라 어떠한 건축행위도 할 수 없어, 비닐하우스 식 움막을 물 좋은 개울가로 옮겨 리모델링했다. 그리고 그동안 꿈꾸던 '자연농'을 시작하기로 했다.

이곳은 음습하고 사람들의 발길이 뜸하여 각종 산야초가 널려 있는 보물단지 같은 곳이다. 쑥, 냉이, 돌 나물, 달래, 질경이, 엉겅퀴, 민들레, 참나물, 취나물 등은 본래 자생하였고 들깨, 도라지, 비단풀 등은 씨를 뿌려 자연 재배하고 있다. 앞으로 1년에 몇 종씩이라도 늘려나갈 생각이다.

어린 야생 뽕나무와 아카시아 나무가 너무 많아, 솎아내고 옻나무, 가시오가피, 개복숭아, 꾸지뽕, 엄나무, 두릅나무 등을 옮겨 심었다.

매년 봄이 오기도 전부터 이들을 만나러 가는 게 가슴 설레게 반갑다. 혹독한 추위를 이기고 가장 먼저 얼굴을 내미는 냉이! 그 향만으로도 구미를 돋우기에 충분하다. 요즈음은 비닐하우스에서 재배된 몸집 큰 냉이들이 많이 나오지만 이렇게 혹독한 추위를 이기고, 소생하는 야생 냉이의 맛과는 비교할 수 없다. 산삼이 인삼과 다르듯, 야생 냉이의 맛이나 향이나 약성이 다른 것이다.

수줍은 듯 조금씩 솟아오르는 쑥, 돌나물, 참나물 등 싱그럽고 청순한 그 모습들이 매년 새롭고 반갑기만 하다. 따스한 봄볕에 가시를 방패 삼아 불쑥 솟아오르는 엄나무 두릅나무 순은 강한 생명력과 기운을 돋게 한다.

농사짓는 일은 유목생활하던 인류를 정착생활로 발전시키는 큰 구실을 했다. 그러나 현대 농업은 지나치게 상업화되면서 여러 가지 부작용이 나타나고 있다. 농업의 상업화와 농산물의 상품화는 농약, 비료, 제초제, 성장 촉진제 등의 남용으로 우리의 건강을 심각하게 위협하고 있어, 인류의 비극으로 치닫고 있는 것이다. 따라서 이런 피해를 줄이려고 1. 저농약 재배 2. 무농약 재배 3. 유기농 재배 4. 자연농 재배로 발전되고 있다. 자연농은 현대인의 이상理想이다. 나에게도 오래전부터 그리던 꿈이었다. 자연농을 위해서는 우선 적합한 땅이 필수이다. 도시에서 그런 땅을 구할 수 없어

교외에서 알아보던 중, 목사님을 우연찮게 만나 적합한 곳을 구한 것은 신의 은총이었다. '자연농'이라는 말만 들었을 뿐 전문적 지식은 없으나, 자연주의를 신봉하는 나로선 자연에 순응하라는 기본대로 해나가면 될 것 같은 자신감이 들기도 한다.

하루하루 꾸준히 정성을 쏟아 알찬 자연 농장으로 키워볼 생각이다. 나도 언젠가는 목사님처럼 떠나겠지만….

만병통치, 자연 치유력

/

1

모든 동식물이 그러하듯 우리 인간의 몸도 병을 스스로 막아 내고 물리치려는 힘을 가지고 있다. 그것을 면역력, 생명력, 방어력, 자연치유력으로 달리 표현하고, 한방에서는 '기氣'라고 표현하지만 모든 병을 예방하고 물리친다는 포괄적 의미에서 '자연 치유력'으로 통칭해도 무방하다는 생각이 든다.

이론적으로는 우리 몸의 백혈구 속에 NK세포, t세포, b세포라는 림프구가 모든 유해균과 암세포 등을 스스로 물리치는 힘을 면역력 혹은 자연 치유력이라 칭하고, 이는 지구촌의 모든 생명체가 자신의 생명을 유지하기 위한 당연한 본능이라 할 수 있을 것이다.

우리 민족은 반만년 동안 900여 회의 외세 침략을 받았지만, 번번이 잘 물리쳐 왔다. 그러나 조선말 국방력이 약하여 일본한테 치욕을 당했고, 그 후유증이 지금까지 분단의 고통으로 남아 있다. 국가는 국방력이 강해야 국난을 피할 수 있고, 인체는 자연 치유력이 강해야 질병의 고통을 피할 수 있는 것이다.

몸에 상처가 나거나 감기 등 잔병에 걸렸을 때 치료받지 않아도 시간이 지나면 대개 자연치유된다. 아기가 넘어졌을 때 아무도 도와주지 않아야, 자생력과 독립심을 기를 수 있듯, 웬만한 병은 스스로 이겨내도록 지켜보는 여유를 가질 필요가 있다는 생각이 든다.

우리 몸은 수많은 병원균과 암세포 등에 24시간 위협받고 있지만 자연 치유력이 강한 사람은 병에 걸리지 않고, 자연 치유력이 약한 사람만 병에 걸리는 것은 당연한 상식이라 하겠다. 그러나 현대인들은 공기, 물, 음식 등 각종 공해와 스트레스, 운동부족, 지나친 육식, 술, 담배 등으로 자연 치유력이 약해져 있는 경우가 많다. 따라서 암, 고혈압, 당뇨병 등 중병에 걸린 사람도, 생활 습관을 바꾸어 자연 치유력을 높여 완치되는 기적 같은 일이 예사로 일어나고 있는 것이다.

놀랍게도 자연 치유에 대한 이러한 생각들은 이미 2300년 전에 현대 의학의 아버지라 일컫는 '히포크라테스'에 의해 역설된 바 있었다.

"음식물을 당신의 의사 또는 약으로 삼으라."

"음식물로 고치지 못하는 병은 의사도 못 고친다."

"우리 몸 안에 수많은 명의가 들어 있다."

"병을 고치는 것은 오직 환자의 자연 치유력 덕분이다."

3

송충이는 솔잎을 먹고, 누에는 뽕잎을 먹고, 소는 풀을 뜯어 먹는 게 자연의 순리이다. 인간들의 탐욕이 소에게 동물의 내장을 먹여 '광우병'을 자초했다.

그리고 인간은 어금니의 숫자나 작은창자의 길이 등 초식동물에 가까운 잡식동물임에도 불구하고, 지나친 육식으로 암 등 각종 성인병을 자초하고 있다.

채식 위주의 동양인은 죄가 없다. 육식 위주의 서양인에서 그런 병이 유래되고 있기 때문이다. 사슴이나 토끼 등 초식동물은 순하다. 똥도 냄새도 없고 콩같이 귀엽게 생겼다. 호젓한 산속을 누비다 보면 까만 콩을 한 줌 뿌려 놓은 것 같은 모습을 볼 수 있는데 그게 바로 고라니나 토끼 등 초식동물의 똥이다. 비닐봉지에 모아 화분에 덧뿌려 놓으면 보기에도 좋고 최고의 자연 비료가 된다. 아프리카 원주민들은 코끼리 똥을 맨손으로 뭉개어 집도 짓고 연료로도 사용한다.

호랑이나 사자 등 육식동물의 똥은 악취가 나고 보기에도 흉측

하다. 이들은 포악하고 이빨이나 발톱이 사람과는 딴판이다. 사람도 육식을 하면 성인병에 취약해질 뿐만 아니라 성질도 포악해지는 것 같다. 실제로 육식을 많이 하면 방귀와 똥에서 악취가 심해지고 채식을 많이 하면 쾌변에 악취도 없어진다. 초식하는 동양인들은 순하고 육식하는 서양인들은, 식민통치에 흑인노예 학대 등 잔인하고 포악했다. 육식을 반대하는 것이 아니고, 지나친 육식은 자연의 섭리에도 맞지 않고, 각종 성인병의 원인이 될 수 있으므로 옛날 동양인 정도의 적당한 육식이 바람직하다는 생각이다.

우리와 신체 구조가 거의 비슷한 고릴라나 원숭이 등 영장류들은 주로 초식을 하다가, 가끔 한 번씩 사슴 새끼 등을 잡아먹는다. 육식이 옳으냐 채식이 옳으냐에 대한 논란이 많으나 우리 인간도 이들처럼 하는 게 정답이 아닐까 생각된다. 인간의 32개 치아 중 20개(63%)가 어금니이고, 8개(25%)가 앞니, 4개(12%)가 송곳니로 구성되어 있다. 또 작은창자의 길이도 호랑이나 사자보다 2~3배 길고 양이나 사슴의 길이와 비슷하다.

따라서 조물주께서 주신 인간의 신체 구조로 봐도 우리는 곡식이나 과채류를 88%, 생선이나 육류를 12% 먹는 것이 자연의 섭리에 순응하는 현명한 선택으로 판단된다.

무엇을 먹느냐에 따라 그 사람의 운명이 바뀐다. 음식물은 모든 병의 원인이고, 병은 나쁜 음식물의 결과이다.

한자의 암(癌)은 입구(口)가 3개 모여 식품 품(品)자가 되고, 그 밑에 뫼 산(山)을 조합해 바위 암(嵓)자가 되어, 입으로 먹는 음식이

산처럼 쌓이고 바위처럼 굳어져 생기는 병病이라고 한다.

병은 나쁜 음식물의 결과이다. 그 나쁜 음식이 바로 공해로 찌든 공기와 오염된 물과 음식이라 하겠다. 수천년 전에 만들어진 글자 속에 현대의 고질병에 대한 지혜가 숨겨져 있으니 놀랍다.

현대인들의 지나친 육식이나 각종 공해식품 등이 몸에 쌓여 독이되고, 발암물질이 되어 암의 원인이 되고 있는 것이다.

4

현대 서양의학은 항생제, 백신의 개발과 뛰어난 수술 치료 등 많은 생명을 구하는 데 지대한 공헌을 해왔다. 그럼에도 불구하고 병원들의 지나친 상업화, 기업화로 단편적 치료 성과에 급급하는 등, 인체의 존엄성이나 신비성에 반하고 자연을 거스르는 의술로 인식되기도 한다.

"병원에서는 감기도 못 고친다."라는 말은 많은 의사들의 솔직한 고백이다.

몸에 상처가 났을 때 결국은 인체 스스로의 힘으로 아물 듯 감기에 걸렸을 때 해열제, 진통제, 항생제 등으로 증세를 완화시킬 수는 있으나 결국은 인체 스스로의 힘으로 자연치유된다는 것이다.

"발열은 최고의 자연치유 현상이다."라는 말이 있다. 노벨상을 받은 프랑스의 A.M 르보프 박사는 임상 실험을 통하여 "무분별한 해열제 사용은 병이 만성화되거나 악화될 수 있어 의사들은 해열제 사용에 신중해야 된다고 주장했다.

신생아가 갑자기 고열이 났다가 금세 회복되는 일이 많다. 이는 몸의 이상을 스스로 치유하는 방어력(자연치유)의 작동으로 여겨진다. 극히 심할 경우 병원에 가서 응급조치가 필요할 수도 있으나 대개의 경우 스스로 회복된다. 경험 많은 할머니들은 차분히 대처해서 건강한 아이로 잘 키워 왔지만, 요즈음 젊은 어머니들은 조금만 열이 나도 바로 병원에 가서 해열제 등으로 응급 치료를 받아 나약한 아이로 키우는 경우가 많은 것 같다.

어머니의 초유가 중요하듯, 신생아의 첫 발열시 자연치유 시키면 면역력이 생겨 계속 잘 이겨낼 수 있지만, 조급하게 해열제 등 응급 치료에 의존하면 내성이 생겨 계속 병원에 다니는 악순환으로 이어지는 것이다.

최근 일부 현명한 어머니들을 중심으로 아이가 감기에 걸렸을 때 대학병원 등 양방병원에 가기에 앞서 한방병원을 찾거나 집에서 생강, 배, 도라지, 대추, 콩나물 등을 이용한 민간요법을 선택하는 사례가 늘어나고 있는 것으로 보인다.

그럼에도 불구하고 대부분 부모들이 조급한 마음에 병원에 가서 주사나 약물치료로 빨리 완쾌시키려고 서두르는 경우가 많은 게 현실이다. 병원과 의사와 부모 입장에서는 감기 치료에 성공했지만, 소중한 아이는 몸 안의 소중한 자연 치유력이 훼손되어 감기에 더 취약한 체질로 전락할 수 있음을 간과하고 있는 것이다.

전통 한방요법은 주사나 약물치료에 비해 조금 느릴 수도 있고 효과가 미미할 수도 있다. 그러나 한방요법은 부작용이나 내성이 거의 없고 오히려 체력. 체질보완 효과를 기할 수 있어 더 자신있게 권하고 싶기도 하다.

물론 소중한 내 아이의 고통을 좀 더 빨리 덜어 주려는 부모의 심정을 이해는 할 수 있으나, 넘어져 우는 아이를 스스로 일어나도록 지켜보듯이, 약간의 고통쯤은 이겨내는 강인한 자녀로 키우는 지혜가 필요하다 하겠다.

감기는 그렇다 치고 고혈압, 당뇨병, 각종 암 등 대부분의 성인병이 아직 불치병으로 인식되고 있다. 현직 의사가 이런 불치병에 대한 회의를 느껴 대체의학 혹은 한방의학 쪽으로 전환하는 사례가 일본에서는 물론 한국에서도 종종 나타나고 있다. 이들의 공통된 의견은 병원에서는 항생제, 진통제, 마취제, 수술 등 응급치료에 급급할 뿐 근본적 원인 치료는 되지 않는 병이 대부분이라는 것이다.

그럼에도 불구하고 현대인들은 당뇨병약, 고혈압약을 밥 먹듯 먹고 있다.

몸속의 암세포를 사멸시키기 위해, 자신의 면역 체계(자연 치유력)를 무너뜨릴 수 있는 항암제나 방사선 치료를 울며 겨자 먹기로 받아야 한다.

열이 나면 해열제, 염증에는 항생제, 통증에는 진통제 등 자신의 소중한 자연 치유력을 떨어뜨리는 치료를 받지 않을 수 없도록 길들여져 있다.

현대의학의 이러한 단편적 증세 치료는 일시적 효과는 있으나, 장기적으로 많은 부작용이 따르는 것은 자명한 일이다. 벼멸구를 잡기 위한 살충제가 메뚜기를 멸종시켜 더 많은 해충을 유발하듯, 자연을 거스르는 치료법은 반드시 재앙으로 다가오는 것이 자연의 섭리이다. 모든 약은 반드시 부작용이 있다고 한다. 인체와 생명의 신비를 과학으로 설명할 수 없기 때문이다.

6

악수 한 번 할 때마다 수만 개의 세균이 전달되고, 남녀가 키스를 하면 8,000만 개의 세균이 전달되며 장 속에는 700여 종 수조 개의 세균이 살고, 매일 수만 개의 암세포가 우리 몸속을 누비고 다닌다고 한다. 마치 숲속에 온갖 동식물들과 미생물들이 균형을 이루고 살 듯, 인체의 신비는 상상하기조차 어려운 신의 영역이다. 따라서 항생제, 항암제 등을 함부로 쓰는 것은, 마치 숲속에 농약을 살포하여 생태계를 교란시키듯, 신비한 인체의 면역체계를 교란시킬 수 있는 것이다.

아프리카 동물 왕국에 전염병이 휩쓸고, 가뭄과 홍수, 심지어는 산불이 휩쓸어도, 수년 내에 생태계가 다시 복원된다고 한다. 다만 인간의 간섭에 의해서 생태계가 파괴되고 동식물이 멸종될 뿐이라고 한다. 자연의 순리에 따라 생태계를 건드리지 말아야 하듯, 우리 인체도 되도록 수술, 약물치료 등을 지양하고 평소 내 몸의 자연 치유력을 높여, 모든 병을 막아 낼 수 있다면 이보다 더 좋은 일이 어디 있겠는가?

7

일반적으로 암 환자를 살리기 위해, 수술을 하는 것은 불가피한 일로 여겨지고 있다. 그러나 수술 후 전이나 재발을 막기 위해, 인체의 면역 체계에 치명적인 항암. 방사선 치료의 후유증이 문제가 되고 있다. 따라서 일본에서는 암을 조기 발견도 하지 말고 수술도 하지 말라는 책이 유행하기도 했다.

몸에 암세포가 활성화되고 있는 데에는 반드시 그 원인이 있을 것이다. 주로 지나친 육식이나 술, 담배, 스트레스, 공기 오염, 물의 오염, 운동 부족 등 원인만 제거하면 암의 증식도 멈추거나 사라질 수 있는 것이다.

최근 말기 암 환자 등이 수술을 포기하거나, 수술 후 항암 치료를 거부하고, 산이나 숲 등 자연 속에 들어가 건강을 찾는 사례가 우후죽순처럼 늘고 있다.

간암 말기로 수술도 불가하여 3개월 시한부 선고를 받고, 자칭 조용히 죽기 위해 산속으로 들어가서, 하루 이틀 살다 보니 식욕이 생기고 나날이 증세가 호전되어 10년째 살고 있는 P씨는 직접 TV에 출연해, 각종 산야초를 채취해 먹고 특히 돌나물을 밥 먹듯 했을 뿐이라고 밝혔다. 먹거리는 물론 맑은 공기, 깨끗한 물, 충분한 운동 등이 생명을 구해 준 것으로 여겨진다.

이러한 사실은 의학적으로는 검증하기도 인정하기도 어렵겠지만, 과학의 잣대로만 잴 수 없는 것이 생명과 인체의 신비가 아닌가 싶다.

세계에서 가장 높은 베네수엘라의 앙 엘 폭포 위의 올챙이는 태어날 때부터 다리를 달고 나온다고 한다. 새끼들이 급류에 휩쓸려 1,000m 낭떠러지로 사라진다는 사실을 감지한 어미 개구리가 새끼들의 다리가 빨리 나오도록 조치한 것이다. 이러한 생명의 신비를 인간의 과학으로 설명할 수 있겠는가?

8

15년 동안 1,000여 건이 넘는 암 수술을 재발 없이 수행한 이 시대 최고의 암수술 전문의 이병욱 박사는 다음과 같이 말했다.

"2개월 산다고 한 사람이 10년을 살고, 몇 년을 살 것이라고 한 사람이 몇 달도 못 사는 것을 자주 목격했다. 현대 의학은 분명 모르고 지나가는 게 있다. 아무리 발달된 기술로 현대적 치료를 한다 해도 인간을 완전히 해부할 수는 없다. 의사는 인체의 놀라운 신비에 겸허해야 된다. 이런 이유로 나는 15년간 들었던 메스를 놓았다. 메스의 필요성을 인정하지 않는 게 아니라, 메스가 만능이 아니라는 것을 인정하기 때문이다."

현대 의학과 인체의 신비에 대한 진솔한 입장을 밝힌 것이다.

인체와 생명의 신비를 과학이나 의학으로 접근하기 전에 자연의 섭리에 따르는 게 순리라는 생각이 든다. 따라서 우리는 병이 나기 전에 몸 안의 자연 치유력을 높이는 생활을 꾸준히 함으로써 모든 병을 스스로 막아내고, 물리칠 수 있도록 자연에 순응하도록 하는 것이 최고의 건강 비결이 아닐까?

9

초등학교 시절, 추석 명절에 돼지고기를 먹고 체해서 수개월 동안 고생한 적이 있었다. 식욕을 잃고 눈을 뜨기 힘들 만큼 얼굴이 퉁퉁 부을 정도로 증세가 심했으나 병원에 갈 형편도 아니어서, 어머니께서 뒷산에서 캐오신 창출이나 민들레 뿌리 등 각종 약초즙을 먹어도 효과가 없었다. 급기야 3시간을 걸어 읍내 변두리에 손가락으로 체 내리는 집에 가서 주술 같은 치료를 받기도 했지만 헛수고였다. 그럭저럭 수개월 후 무당 비슷한 사람의 처방이 내려졌다. 이열치열以熱治熱이라 했듯 돼지고기를 먹고 체했으니, 돼지고기를 한 근 사다가 숯불에 완전히 태워 그 재를 가루를 내 먹으면 체가 씻은 듯이 내려간다고 했다. 생 연탄재처럼 시커멓게 태운 고기 가루는 쓰고, 짜고, 역겨워 먹기 힘든 고역이었다. 안 먹어본 사람은 도저히 그 맛을 모를 듯싶다. 어머니께서 맛을 보시고 어른도 먹기 힘들 텐데 잘 먹는다고 신통해 하셨다. 지푸라기라도 잡는 심정으로 빈속에 하루 3차례씩 5~6일가량 먹었고, 별 차도는 없었지만 어머니의 정성에 실망 드리기 싫어 조금 편해진 것 같다고 둘러댔다. 좋아질 것이라는 간절한 기대감 때문인지 속쓰림이나 복통, 구토 증세는 조금 편해진 것 같은 느낌이 들기도 했다. 불에 탄 고기가 치명적인 발암물질이라는 사실을 거의 어른이 되어서야 알게 되었다.

따라서 젊은 시절 나는 감기를 비롯한 소화불량, 장염, 허리 디스크, 비염 등으로 병원과 약국을 자주 드나들었다. 특히 폭음, 폭식, 흡연 등 무절제한 생활로 배탈, 설사, 복통 등으로 약을 달고 살았고, 차멀미가 심해 일상생활에 지장을 줄 정도였다. 40대 중반에 들어 만성피로, 체중감소, 우울증, 불면증 등 건강에 대한 심각성을 깨닫고, 중대 결단을 내렸다. 28년 다니던 교직생활을 조기 퇴직하고 평소 관심 분야였던 대체의학에 빠져들게 되었다.

『히포크라테스』에서 『니시 건강법』, 『후코후카마사노브의 자연농법』, 황대권의 『야생초 편지』, 최성현의 『산에서 살다』, 안현필의 『삼위일체 건강법』에 이르기까지 50여 권의 책들을 통해 자연치유에 대한 체험적 공부를 시도했다.

인체는 모든 병을 스스로 물리칠 수 있는 놀라운 자연 치유력을 갖고 있다. 대부분 사람의 감기나 작은 상처들은 쉽게 자연치유된다. 다만 성인병이나 암 등 불치병 때문에 인간이 천수를 못 누리는 것이다. 불치병이 생기는 까닭은 무엇인가? 그것은 바로 '자연을 거역하는 생활' 때문이라고 천 번 만 번 강조하고자 한다. 공기, 물, 음식의 오염, 지나친 육식, 운동부족, 스트레스 등 자연을 거스르는 생활이 자연 치유력(면역력)을 떨어뜨려 불치병에 걸리는 것이다.

이러한 일념으로 인생 후반기에 들어서 자연에 가까이하고 자연 치유력을 높이는 생활을 꾸준히 하면서, 감기는 물론 새벽마다 찾아오던 설사와 복통이 사라지고, 코막힘, 차멀미 등이 서서히 개선되었고, 이에 고무되어 생활습관 개선에 더 적극적인 노력을 했고 이제는 병원 다닐 일이 거의 없어졌다. 아예 건강보험공단에서 2년마다 무료로 실시하는 건강검진도 받은 지 20년은 되는 듯싶다.

병원 가서 줄 서고, 피 뽑고, 대소변 대령하고, X레이·MRI·CT 찍고, 장 내시경·위 내시경 등 또 몇 년마다 각종 암검사나 각종 성인병 검사 등 그 자체가 지옥이고 스트레스다. 환자를 위한 검사인지 병원을 위한 검사인지 의구심 마저 든다. 병원 안 다니는 삶은 그 자체가 천당이고 성공적인 삶이다. 그 자체로 삶의 질이 향상된다. 병원에서 줄을 서 검진하는 시간에 나는 산에서 나물을 뜯었다.

　요즈음 요양 병원들이 우후죽순처럼 늘고 있어도 가는 곳마다 만원이다. 병원에 누워서 10년 20년을 사는 것이 무슨 의미가 있을까? 병원에 다니고 싶어 다니는 사람이 어디 있겠느냐만, 가능한 99세까지 병원 다니지 않고 팔팔(88)하게 사는 지혜가 필요해 보인다. 정신 차리고 보면 그런 지혜는 우리 주변에 널려 있다. 인터넷에서도 얼마든지 찾아볼 수 있다.

　"자연에 가까이 가면 병에서 멀어지고, 자연에 멀어지면 병에 가까워진다"는 말처럼 평소 자연 친화적 생활 습관만 꾸준히 쌓아가도, 자연 치유력이 발동하여 만병을 스스로 물리칠 수 있는 훌륭한 메커니즘을 우리 몸은 가지고 있다는 올곧은 신념으로 99세까지 법원, 경찰서는 물론이고 병원, 약국에 다니지 않고 사는 게 나의 작은 소망이다.

/

산야초와 건강

/

1

산이 좋아 등산을 자주 하다가 산야초에 눈을 뜨게 되고, 산야초 채취 겸 등산에 심취하게 되었다. 혼탁한 도시를 떠나 피톤치드 풍부한 좋은 공기도 마시고, 흠뻑 땀 흘리며 운동도 하고, 산야초 보약도 얻게 되니 세상에 이런 행운이 어디 있을까 싶다. '잡초는 없다.'라는 주장도 있듯이 1,000여 종이 넘는 이 땅의 식용 산야초들이, 농약이나 화학비료 등으로 오염된 상품화된 과채류에 비해 건강에 도움이 될 것이라는 점은 반론의 여지 없이 자명한 일이라 하겠다.

집 근처나 도로 주변에서 구할 수 있는 것도 많지만, 산속에서 채취하는 게 정갈하고 약성도 좋을 것 같아 이 산 저 산 헤매다 보니 산에 대한 경외심敬畏心과 고마움을 알게 되고 산행 자체가 즐

겹고 행복한 일이 되었다. 이름 없는 작은 산 작은 골짜기 하나하
나가 매번 새롭고 반갑다. 산야초 한 종을 새로 알게 될 때마다 가
슴 설레는 기쁨으로 다가온다. 가슴 찡하도록 서정적이고 애절한
소월의 〈산유화〉를 읊조리며 우리 금수강산에 마력을 느끼고 애
틋한 사랑을 가지게 되었다.

산에는 꽃 피네 / 꽃이 피네
갈 봄 여름 없이 / 꽃이 피네
산에
산에
피는 꽃은
저만치 혼자서 피어 있네
산에서 우는 작은 새여
산이 좋아 / 산에서 / 사노라네
산에는 꽃 지네 / 꽃이 지네
갈 봄 여름 없이 / 꽃이 지네

겨울이 다 가기도 전부터 가슴 설레게 기다려지는 봄의 전령들!
가장 먼저 힘차게 새순을 내미는 ⑴원추리순 ⑵둥굴레순 ⑶냉
이 ⑷달래 ⑸담배나물 ⑹생강나무꽃 등으로 시작해서 ⑺돌나물
⑻쑥 ⑼씀바귀 ⑽머위 ⑾질경이 ⑿돌미나리 ⒀산미나리(참나
물) ⒁민들레 ⒂엉겅퀴 ⒃각종 취나물 ⒄다래순 ⒅두릅순

(19)옻순 (20)엄나무순 (21)오가피순 (22)야생뽕잎 (23)꾸지뽕잎 (24)화살나무잎 (25)달맞이꽃 (26)고들빼기 (27)왕고들빼기 (28)찔레순 (29)돌미나리 (30)머위 (31)들깨 (32)도라지 (33)더덕 (34)쇠비름 (35)솔잎 등… 그중 가장 자생력이 강해 흔하고도 몸에 좋은 쑥은 가장 많이 채취하여 다양하게 활용한다.

첫째, 어린 쑥은 쑥국, 쑥찌개, 쑥떡, 쑥버무리 등으로 제철에 먹고,

둘째, 4월 중순 쑥은 삶아서 꼭 짜서 냉동실에 두고 일 년 내내 떡이나 국으로 먹고,

셋째, 5월 쑥은 잘 씻어 햇볕에 말려, 쑥 중심 선식 재료로 쓴다.(쑥 선식)

쑥 선식은 상기한 35가지 중 구하기 쉬운 몇 종과 쑥을 잘 씻어 말린 것과, (36)검은콩 (37)흰콩 (38)율무 (39)메밀 (40)현미 (41)흑미 (42)보리쌀 등의 곡류를 볶아 함께 섞어 분말로 만든다. 이때 쑥의 양을 50%쯤 되게 하고 나머지는 체질이나 쉽게 구할 수 있는 것으로 다양하게 조절한다.

이렇게 만든 (A)쑥 선식을 (B)제철과일(귤, 사과, 토마토, 블루베리, 딸기, 견과류 등)과 (C)각종 발효액(매실, 개복숭아, 오미자, 복분자 발효액 등)을 섞어 아침식사 대용으로 먹고 있다. 단 당분이 많은 발효액은 소량으로 하고 음미하듯 천천히 오래 씹어 먹는 것이 매우 중요하다.

이렇게 수년을 하다 보니 위가 편해지고 몸이 가벼워졌으며 일 년 내내 감기 한번 걸리지 않을 정도로 건강해짐을 느낀다. 아침밥 차리고 설거지하는 번거로움도 필요 없으니 일거양득─擧兩得이

라고 아내도 대만족이다.

현대인의 건강을 위해 1일 3식이 좋다는 주장도 있고, 1일 1식이 좋다는 주장도 있으나, 다양한 선식과 과채류 위주의 이러한 가벼운 아침 대용식은 양쪽 주장을 충족시킬 수 있는 좋은 식사법이라고 여겨진다.

2

현대인들은 운동량에 비하여 지나치게 많이 먹어서 탈이다. 기아饑餓로 죽는 사람보다 폭식으로 죽는 사람이 많다는 얘기가 있다. 대부분의 성인병 등이 잘못된 음식섭취 때문으로 지적되고 있다. 음식이 곧 약이라는 말이 있듯 무엇을 먹느냐에 따라 그 사람의 건강이 좌우되는 것은 누구도 부인할 수 없는 당연한 사실이라 하겠다. 농약이나 비료 등으로 오염되거나 자연을 거스르는 음식을 계속 먹게 될 경우 건강에 문제가 생기는 것도 지당한 일이다.

특히 요즈음 대부분의 농산물이 상품화되면서 농약 비료 등으로 오염되고, 공장에서 대량생산되는 식품들은 방부제나 각종 첨가물 등으로 오염되어 국민들의 건강을 위협하고 있다. 무농약 재배. 유기농 재배. 자연농 재배가 시도되고 있지만, 전 국민을 대상으로 대량생산은 불가한 실정이다. 따라서 요즈음 시장에 나오는 과채류는 토종 과채류나 야생과채류에 비해 월등히 크고 탐스럽게 생겨 대량거래되고 있으나 그 맛과 약성은 토종에 비교할 수 없을 만큼 부실하다.

따라서 시골은 물론 도시에서도 이른바 도시농업이라는 이름으로 텃밭이나 건물의 옥상과 베란다 등에 과채류를 자경하거나 주말농장을 분양받아 자경의 기쁨을 체험하는 사람들이 늘고 있다. 자기 자신의 먹거리를 스스로 경작하거나 자연(야생)에서 채취해 자급자족하는 것은 옛날의 먹거리로 돌아가는 것이다. 100세 시대를 맞아 50세 이후, 인생 후반기에 각종 암이나 고혈압 당뇨병 등 각종 성인병(생활습관병)이 갈수록 증가하고 있어 이러한 태초 먹거리(자연식)에 대한 관심도 꾸준히 증가하고 있는 것으로 여겨진다.

3

삼천리금수강산 우리 산과 들에는 식용. 약용 산야초들이 무수히 널려 있다. 다만 현대인들은 상품화된 과채류에 익숙해져 있어 잊고 있을 뿐이다. 관심이 없을 때는 밟고 지나쳐 버리던 질경이, 민들레, 왕고들빼기, 곰보배추, 달맞이꽃 등이 시장에서 사 먹는 상품화된 채소들보다 더 훌륭한 먹거리라는 사실을 깨닫기까지는 많은 시간과 노력이 필요한 것 같다. 이러한 산야초의 가치가 부각되면서 봄이 되면 도시 주변의 산과 들에 산야초를 채취하는 도시인들이 늘고 있다. 쑥을 제외한 냉이, 달래, 씀바귀. 돌나물 등은 섣불리 찾기 힘든 귀한 몸이 되고 있고, 산도라지, 산더덕, 산당귀, 산마늘, 잔대, 창출 등은 깊은 산속이 아니면 거의 멸종 상태이다.

이 땅의 보물 같은 산야초가 점점 줄거나 사라지는 건 서글프고 불행한 일이다. 결코 방관할 수 없다는 생각에 씨를 뿌려 번식시켜 보기로 했다.

몇 해 전 냉이꽃이 시들고 씨가 여물 무렵 비닐봉지에 가득 모아 자주 다니는 산과 들에 뿌려 주었더니 길가나 밭둑이 온통 냉이 군락지가 되어 버려 매년 봄에 냉이 걱정할 일 없어졌다. 물론 시장에서 구할 수도 있지만 맛이나 향이 야생의 냉이와는 비교가 되지 않는다. 이런 식으로 참나물(산미나리), 민들레, 달맞이꽃, 들깨 씨, 취나물, 개똥쑥, 마, 도라지, 더덕 씨 등을 〈자연농장〉과 그 주변에 뿌려 자연 번식시키고 있다. 땅에 울타리를 치고 등기를 내서 소유권을 주장하는 냉엄한 세상이지만 아직은 나물 캐고 산야초 채취하는 일은 자유롭게 할 수 있어 다행이다. 꼭 내 소유의 땅이 아니면 어떠랴! 도롯가. 개울가. 논두렁. 밭두렁. 야산자락 어디든 지 각종 산야초 씨를 뿌리는 일이 연례행사가 되어 버렸다. 앞으로 더 많은 산야초를 시집 보내는 게 나의 기쁨이요 소망이다. 단지 씨앗 한두 줌 뿌렸을 뿐인데 환경조건만 맞으면 수년 만에 수십, 수백 배로 번창하는 녀석들의 기특한 생명력에 어찌 감탄하지 않을 수 있겠는가? 해마다 그들을 만나는 일이 가슴 설레게 기쁘고 반갑다.

나의 이런 작은 노력으로 많은 사람들에게 좋은 산야초를 쉽게 전파시킬 수 있는 계기가 될 것으로 믿는다. 그리고 그들도 채취한 만큼 산야초 번식에 동참하여 우리 산과 들에 다양한 산야초들이 풍성해지기를 기대한다. 무공해 싱싱한 산야초를 통해 온 국민이 보다 더 건강해지는 그 날까지….

/

감기 대책

/

1

나는 1년에 몇 차례 감기에 걸릴까? 지난 1년 동안 감기에 걸린 횟수를 점검해 보면 자신의 건강 상태를 미루어 짐작할 수 있을 것이다. 그 횟수가 0이라면 자신의 건강 상태(면역력, 방어력, 자연 치유력)가 우수하다고 여겨지고, 숫자가 클수록 자신의 건강 상태에 뭔가 문제가 있다고 볼 수 있겠다. 그 숫자를 자신의 '감기 건강지수'라 칭하기로 한다.

'감기 건강지수'란 기상청에서 날씨에 따라 다른 '감기 기상지수'와는 다른 백과사전에 없는 표현으로 개인의 감기 경력을 수치화하여 건강 상태를 유추해 보기 위한 창조어이다. 지수가 0이 되도록 평소에 꾸준히 건강 관리를 한다면 감기는 물론 모든 병을 스스로 물리칠 수 있는 '건강 독립'을 이룰 수 있을 것으로 여겨진다.

자신의 지난 1년 혹은 2~3년 동안의 감기 경력을 '나의 감기 건강지수'로 표시해 보면 건강관리에 많은 도움이 될 것으로 여겨진다.

　가족이나 친인척 혹은 이웃이나 직장동료 등 생활 주변에서 자주 보는 사람들 중 유난히 감기에 잘 걸리는 사람도 있고, 사계절 감기를 모르고 지내는 사람도 있을 것이다. 호기심이 발동되어 일곱 명의 주변 사람 위주로 면접 상담을 통하여 감기 건강지수를 조사해본 결과 감기 건강지수가 0에서 11까지 매우 다양하게 분포했다.

　15살 이하 어린이의 감기 건강지수가 높은 것 외에 나이별 차이는 의미가 없고 평소 건강 상태나 식생활에 관계가 있는 것으로 나타났다. 라면이나 피자 등 인스턴트 식품을 즐기는 청소년들이 의외로 감기 건강지수가 높게 나왔다. 1년에 한 번도 감기에 걸리지 않는다는 50~60대 두 분(감기 건강지수 0)은 김치, 청국장 등 전통 발효음식을 즐기는 것으로 알려졌다. 특히 두 분은 암, 고혈압, 당뇨병 등 성인병 걱정 없이 건강한 모습이었다.

　따라서 수백 명을 대상으로 한 임상실험 등 보다 전문적이고 광범위한 연구가 필요하겠으나, 감기에 잘 걸리지 않는 사람(감기 건강지수가 0인)은 다른 병에도 잘 걸리지 않는다는 사실은 분명해 보인다. 인체는 스스로 모든 병을 물리치려는 자연 치유력을 가지고 있다. 자연 치유력이 강해서 감기를 잘 물리치는 사람이 암이나 성인병 등 모든 병도 잘 물리칠 수 있으리라는 것은 당연한 일이라 하겠다.

감기는 200여 종의 바이러스에 의해 발생되며 특효약이 없어 "병원에서는 감기도 못 고친다." 또는 "감기 치료는 병원에 가면 1주일 걸리고 집에 있으면 7일 걸린다."라는 얘기가 있다. 감기에 대한 약물이나 주사 치료 등 병원 치료가 인체의 소중한 자연 치유력을 망가뜨릴 수 있으니 가능한 자연치유시키라는 뜻으로 여겨진다. 감기는 큰 병을 막아주는 방패 역할을 하기도 한다. 각종 예방주사를 통해 큰 병을 막아내듯, 감기라는 비상 발열 상태를 통해 암 등 더 큰 병을 예방할 수도 있다는 것이다.

폭풍우 뒤에 맑고 상쾌한 날씨가 오듯, 아기가 고열의 감기를 치르고 나면 더 총명해진다. 어른도 비슷하다. 심한 감기 뒤에 실제로 식욕이나 성욕 등이 향상됨을 느낄 수 있다. 발열 현상은 병을 물리치고 자연치유력을 높이기 위한 인체의 비상사태인 것이다.

동서양의 유명한 의학자들이 "발열은 암도 낫게 한다." 또는 "발열은 최고의 자연치유 현상이다."라고 입을 모은다. 그럼에도 불구하고 병원에 가서 해열제나 항생제를 쓰는 사람이 줄을 서 있다. 마약이 몸에 해로운 줄 알면서도 중독되어 헤어나지 못하는 것처럼 병원 치료가 우선 편하니까, 혹은 의사나 병원 시스템에 대한 맹목적 신뢰심으로 병원 치료에 맡기는 것으로 여겨진다.

3

서양의학을 전공했으나 서양의학의 한계를 느껴, 동양의학 전문의가 된 일본 최고의 자연치유 전문의 이시하라石原結實 박사는 그의 저서에서 "동양의학의 처방은 참으로 지혜롭다. 감기로 등줄기가 싸늘해지고 뒷목이 뻐끈하며 발열이 시작되는 감기 초기에는 1)칡뿌리 2)마황 3)생강 4)계피 5)대추 등 몸을 따뜻하게 하는 갈근탕을 처방한다. 갈근탕을 먹고 20분쯤 지나면 몸이 따뜻해지면서 감기가 호전된다. 즉 우리 몸은 병을 스스로 고치려고 필요한 열을 내는 것이니 발열을 더욱 촉진시켜 이열치열以熱治熱의 원리로 스스로 병을 치유하도록 유도하는 것이다. 해열제를 쓰는 것은 하나는 알고 둘을 모르는 어리석은 짓이다. 서양의학식의 해열 처방은 일시적 증세 치료로, 병이 만성화되거나 더 큰 부작용을 부를 수도 있음에 유의해야 한다."라고 감기 치료에 대한 서양의학의 허점을 지적하고 있다.

젊은 아기 엄마가 자신의 감기가 아기에게 전염될까 봐 2주일 동안 병원에 다니며 치료했으나 잘 낫지 않고, 위장장애 등 부작용이 심하여, 결국 1) 도라지, 2) 생강, 3) 배, 4) 은행 등을 끓여 먹고 호전되었다고 인터넷에 나와 있다.

이시하라 박사의 처방이나 아기 엄마의 처방이 비슷하다. 바로 전통적으로 전해 내려오는 우리의 민간요법과도 다르지 않다.

일본 속담에 "게으른 농부는 잡초가 나도 뽑지 않고, 보통의 농부는 잡초가 나오면 뽑는다. 그러나 부지런한 농부는 잡초가 나기 전에 뽑는다."라는 얘기가 있다.

최선의 감기 대책은 감기에 걸리지 않는 것이다. 평소에 오염되지 않은 자연식과 꾸준한 운동 등을 통한 자연 치유력을 높이는 생활을 함으로써 감기 건강지수를 0에 가깝게 유지하면 감기는 물론 모든 병을 스스로 예방하고 물리칠 수 있을 것이다. 이른바 '건강독립'을 성취하자는 뜻이다.

대부분 사람들이 자신의 건강을 병원이나 의사한테 의지하려 한다. 이러한 맹목적 의타심은 대단히 잘못된 생각이다. 조선말 일제의 침탈에 자력으로 물리치지 못하고 강대국에 의지하려다 결국 일본에 치욕을 당하지 않았던가? 오직 자주 국방력이 있어야 진정한 독립국가를 이룰 수 있듯, 스스로 자신의 건강독립을 지켜나가는 것이 최고의 건강대책이고 감기 대책이라고 생각된다.

따라서 감기에 걸렸을 때 병원에 가기 전에, 다양한 우리 민간요법을 활용할 것을 권한다. 각종 건강 서적이나 인터넷 등에서도 얼마든지 구할 수 있지만, 필자가 수년 동안 수집해서 엄선한 감기 치료 민간요법 처방전을 요약하니, 미리 체크하고 익혀 급할 때 효과적으로 활용했으면 한다.

감기 대책(감기치료 8대 민간요법)

1) 대파차 - 초기 열감기

대파의 밑동(하얀 부분)을 뿌리째 진하게 끓여 뜨겁게 한 사발 마시고 이불 속에서 땀이 흠뻑 나게 푹 쉬거나 푹 자면 거뜬히 낫는다.(마실 때 꿀을 조금 타도 좋음.)

2) 인동 덩굴차 - 유행성 감기 몸살

인동 덩굴을 잎과 함께 차처럼 끓여 마신다. 반드시 뜨겁게, 충분히 마시고, 땀이 흠뻑 나게 보온한다.(인동 덩굴은 산에서 채취하거나 약제 시장에서 쉽게 구할 수 있다.)

3) 칡, 생강차 - 열이 나는 코감기

칡뿌리 200g에 생강 100g을 물 2L에 넣고 1.5L 되게 끓여 적당량의 꿀을 타서 뜨겁게 마신다.

4) 콩나물, 표고버섯차 - 심한 열감기

콩나물과 마른 표고버섯을 국으로 끓여, 고춧가루를 타서 뜨겁게 많이 마시고 땀을 흠뻑 내면 해열된다. 표고버섯은 단백질, 탄수화물, 미네랄, 비타민이 풍부하고 자연 치유력과 항암 성분이 우수하다

5) 감기보약 사즙고 - 목감기, 만성 편도선염, 기관지 천식, 폐쇄
   성 폐질환

   A. 5~6년생 도라지와 찹쌀로 고두밥을 만든다.

   B. 밥에 엿기름과 물을 넣고 전기밥솥에 8시간 보온 후, 면포
   로 거른다.

   C. (도라지+연뿌리+무)에 물을 조금 붓고 믹서에 갈아 면포로 거른다.

   D. (B+C)액을 조청이 될 때까지 끓여(졸여) 준다.

   E. 완성된 사즙고는 1일 3회 복용한다.

6) 콩나물 식혜 - 기침, 가래, 목감기

   콩나물 500g(머리는 따서 다른 용도로 사용하고 줄기만 사용함)에 큰 배
   1개, 무 1개(중간 크기), 생강 한쪽, 조청 200g을 전기밥솥에 넣
   고 보온으로 5시간 가열한 후 뜨겁게 복용한다.

7) 오과다차 - 오래된 기침, 기관지 보호

   A. 밤 7알(겉껍질만 제거)

   B. 대추 7알

   C. 호두 10알

   D. 은행 15알

   E. 생강 2쪽

위의 재료를 물 2L와 함께 중탕기(오쿠)에 3시간 정도 끓여 하루

3차례씩 차처럼 마시면 오래된 기침 감기에 좋다.(약탕기에 끓일 경우 1L가 될 때까지 끓임.)

8) 갈근탕 - 초기 열감기, 두통, 오한

    A. 칡뿌리(썰어 말린 것) 200g

    B. 계피 20g

    C. 생강 2쪽

    D. 대추 5알을 '오과다차'와 같은 방법으로 끓여 복용한다.

이상으로 8가지 감기 치료에 대한 대표적 전통 민간요법을 검토해 보면, 서양의학식의 해열치료가 아닌, 오히려 발열을 촉진하여 인체 스스로 자연치유시키도록 돕는 처방이다. 모두가 천연재료로 되어 있어 자체가 보약이요 건강식품이다. 진통제나 항생제 등 양약처럼 부작용과 내성을 걱정할 필요도 없다. 처방 내용이나 방법이 정확하지 않아도 효과는 비슷하게 나타나는 경우가 많다.

따라서 이러한 처방이나 천연재료들을 평소 꾸준히 차를 마시듯 복용하면 체온을 높여 자연 치유력(면역력)이 증가하여 감기는 물론 각종 암 등 모든 병을 스스로 물리치는 건강독립을 이룰 수 있을 것으로 판단된다.

부지런한 농부가 잡초가 나기 전에 뽑듯, 감기 등 모든 병을 예방하는 것이 최고의 건강비결이라고 여겨진다.

【 대한의학협회에서 발표한 감기 대처법 】

① 규칙적인 운동과 충분한 휴식을 취한다.

② 과일을 자주 먹고 따뜻한 음식과 따뜻한 차를 자주 마신다.

③ 적절한 실내 온도와 습도를 유지한다.

④ 냉방기(에어컨)를 장시간 사용하지 않는다.

⑤ 실내 공기를 자주 환기시킨다.

⑥ 외출 후 손과 발을 깨끗이 씻는다.

⑦ 감기 환자와 직접 접촉하지 않는다.

⑧ 기침과 재채기는 입을 가리고 한다.

⑨ 38도 이상 고열과 호흡 곤란시, 10일 이상 기침이 계속될 때
  는 의사진단 요함.

고물아줌마와 병원아줌마

1

며칠 전 동창모임이 있어 모처럼 자정이 다 되어 집에 들어서려는데, 옆집 아주머니께서 손수레에 폐지를 가득 싣고 오고 있어 "늦게 퇴근하시네요?"하고 인사를 건넸더니 "아직 한 군데 더 가야 돼요"라고 의기양양하게 대꾸하신다.

요즈음은 11월 말 김장철, 늦은 밤 주택가 골목엔 인적이 끊긴 지 오래고 눈발까지 날리니 한겨울 같은 추위가 옷깃을 파고든다. 이 추위에 늦은 밤까지 일하는 모습이 대단하다는 생각이 든다. 말이 아줌마이지 50대 초반에 혼자되어 고물 줍기 시작한 지 10여 년이 훨씬 넘었으니 할머니라 하겠지만, 젊은이 못지않게 씩씩하고 건강하시다. 새벽 4~5시에 나오는 날이 많다고 하니, 하루에 몇 시간을 일하는 건지 궁금해진다. 요즈음은 불경기라 고물 줍는 일도 경쟁이 치열하다. 우리 동네만 해도 다섯 손가락으로 꼽을 만큼 많다. 들리는 소문에 의하면 대부분 아무리 열심히 해도 한 달 수입이 20~30만 원 정도인데 오직 이 분은 100만 원이 넘을 것이라고 한다.

고물 주워 모은 돈으로 딸을 치과대학까지 공부시켜 부부 의사가 됐으니, 이제 그만 쉬시라는 가족들의 성화에도 요지부동이라 한다. 외손자를 낳아 안겨 드리자, 꼼짝없이 며칠 쉬더니 이번엔 유모차와 손수레를 함께 끌고 다니신다.

이쯤 되면, 심리학에서 얘기하는 '일중독'이 아닐까? 하는 생각도 해 본다. 그러나 본인 얘기를 들어 보면 충분히 수긍이 된다. 어느 날 갑자기 청천벽력 같은 남편의 교통사고로, 혼자되어 자식걱정, 살림걱정으로 극심한 불면증, 우울증, 고혈압, 허리 디스크 등 병원과 약을 달고 살았으나, 고물 줍기를 시작하면서 여러 가지 병증들이 조금씩 사라지고, 그 맛에 불철주야 더 열심히 누비고 다녔더니 몸이 몰라보게 건강해져 약 없이 살 수 있게 되었다고 한다. 고물 주워 돈 벌고, 병원 안 다녀 돈 절약하니 일석이조—石二鳥 라 하겠다.

걷기가 최고의 운동이고 만병통치약이라는데, 새벽부터 보물 같은 고물을 찾기 위해 눈을 번쩍이며 이 골목 저 골목을 누비는 자체가 최고의 운동이고 만병통치약이 된 것이다. 일자리가 없어 힘들어하는 세상에 고물줍기가 천직이라고 믿고 감사하는 마음으로 최선을 다하니 그까짓 우울증이나 관절염쯤은 저절로 사라진 듯싶다.

질병이란 게으르고 욕심 많은 자에게 주는 악마의 선물이라고 한다. 부지런하게 몸을 많이 움직이는 자체가 고물아줌마한테 최고의 건강 비결이 되었을 것으로 보인다.

현대인들은 많은 스트레스에 시달리고 있고, 그 스트레스가 적체되어 만병의 근원이 되고 있는 것으로 여겨진다. 대부분 스트레스의 원인이 자기가 원하는 자기 자신의 일을 하지 않고, 엉뚱한 일에 시달리는 데서 발생되는 것으로 알려지고 있다.

본래 인간은 본능적으로 사냥도 하고 고기도 잡고 과일을 채취하는 등 먹고 살기 위해서 활동했으나, 현대인들은 컴퓨터 앞에서 하루종일 하기 싫은 남의 일에 시달리고 있어 스트레스를 피할 수 없다는 것이다.

모든 야생 동물들은 먹고 살기 위해 노력하는데, 오직 인간만 엉뚱한 일, 즉 컴퓨터나 비즈니스 등 본능 외적 일에 종사하다 보니 스트레스가 발생된다고 한다. 따라서 고물아줌마는 자신의 일을 자기가 하고 싶어서 하기 때문에 스트레스는커녕 오히려 일하는 게 즐겁고, 즐거우니까 더욱 열심히 일하는 것으로 보인다. 세상에서 가장 행복한 사람은 자기가 하는 일을 즐기는 사람이라고 한다. 고물아줌마야말로 자기 일을 즐기며 건강과 행복을 찾는 본보기가 아닐까 생각된다.

한편 우리 동네에서 병원에 잘 다니는 사람으로 유명한 아주머니 한 분이 계시는데, 일주일에 몇 차례씩 병원에 다니는 것으로 소문이 나 있다. 우연찮게 고물아줌마와 나이도 비슷하고, 혼자되신 것도 비슷하여 '고물아줌마'와 '병원아줌마'라고 은밀히 부르게 되었다.

고물아줌마가 일중독이라면 병원아줌마는 보기 드문 '병원 중독'이 분명해 보인다. 주로 허리, 어깨 등 관절염으로 한의원에 많이 다니고, 고혈압, 당뇨병, 소화불량 등으로 내과, 산부인과 등 여러 병원의 단골환자로 알려져 있다.

따라서 여러 가지 약을 매일 복용하여 밥은 안 먹어도 약 없이는 못 산다고 고백할 정도 라고 한다. 한번은 무거운 물건을 들다가 손가락을 조금 다쳤는데 병원에 가서 물리치료 받고 왔다고 해서 동네 뉴스가 되기도 했다.

대부분 사람들이 병원 가기를 꺼려하고 싫어하는데 이분은 오히려 병원 다니는 것을 즐기는 듯하다. 각종 예방접종과 몇 년 만에 하는 각종 암이나 성인병 조기발견 검진(혈액검사, 초음파검사, 내시경검사 등)도 거의 빠짐없이 받고 있고, 그에 대한 많은 정보도 술술 꿰고 있다.

어느 날 상담할 기회가 있어 다음과 같은 얘기를 나눌 수 있었다. 모든 약은 부작용이 있다. 특히 항생제, 진통제 등 양약은 타성이 생기거나 우리 몸의 소중한 면역체계를 약화시켜 또 다른 병을 유발시키는 등 오히려 건강에 해가 될 수 있다. 애기가 넘어졌을 때 도와주지 말아야 자생력이 생기듯, 감기 등 사소한 병은 가능한 병원에 가지 말고 자연치유시키는 게 좋겠다. 우리 인체에는 모든 병을 스스로 물리 칠 수 있는 자연 치유력을 가지고 있으니, 내 몸의 자연 치유력을 믿고 식습관 개선이나 규칙적인 운동 등으로 가능한 병원과 약을 멀리하는 게 좋겠다는 취지의 얘기를 피력披瀝했으나 병원 치료에 대한 고정관념을 깨기는 어려워 보였다. 언제 어떠한 중병이 발생할지 아무도 알 수 없으니 조기 검진이 최선이라고 역설하신다. 과학적이고 전문적인 교육을 받은 의사들의 말을 환자들은 신앙처럼 믿을 수밖에 없다. 더구나 병원에 자주 다니다 보니 모든 건강 문제를 병원에 의지하려고 하고 자력갱생의 정신, 즉 건강독립에 대한 의식이 부족한 것으로 보인다.

많은 사람들이 자신의 건강을 스스로 지키려는 노력은 소홀히 하고, 건강검진이나 병원 치료에 의존하려 하는데, 이는 마치 한 국가가 자주국방을 소홀히 하고 외세에 의존하는 것과 같이 위험한 생각으로 여겨진다. 병원과 의사는 병의 근본치료보다 증세치료에 의존하는 경우가 많다. 병의 근본 치유는 전적으로 인체의 자연 치유력에 달려 있음을 몇 번이고 반복해서 강조하고 싶다. 설령 병원에서 큰 수술을 받았다고 해도 상처가 아물고 완치되는 것은 본인의 자연 치유력에 의해 이루어진다.

굳이 "내 몸안에 100명의 자연치유 의사가 들어 있다"는 히포크라테스의 말을 들을 필요도 없이, 전술한 고물아줌마 처럼 하루 종일 몸을 부지런히 움직이면 병이 들어올 틈도 없고 아플 틈도 없어질 것 같다.

/

사람을 살리는 '기적의 맞춤 운동법'

/

요즈음 불황으로 문을 닫는 식당들이 부지기수인데 순대국집은 예외라고 한다. 비교적 많은 양에 값이 싸고 맛도 구수해 서민들이 즐겨 찾기 때문인 것으로 여겨진다.

골목길 모 순대국집 사장 P씨는 70대의 할머니지만, '할머니'보다는 '사장님'으로 부르는 게 어울릴 만큼 건강하고 활동적인 분이다. 우선 꼿꼿한 허리와 걸음걸이가 젊은이 수준이고, "나는 바빠서 병원에 다닐 시간이 없다. 소주 한 잔 꿀꺽하면 뱃속의 병균이 다 소독된다."고 큰소리치신다. 그 나이에 병원에 다니는 일이 거의 없고 그 흔한 고혈압, 당뇨병 약 한 알도 먹지 않는다 .

P사장이 그렇게 남달리 건강한 까닭은 간단하고 뻔하다. 그녀는 부지런하다. "죽으면 썩을 육신을 아껴서 뭣하느냐?" 며 항상 몸을

움직인다. 하루종일 청소하고, 설겆이하고, 요리하고, 특히 이른 새벽부터 3㎞가 넘는 농수산시장에 손수레를 끌고 다니기 수십년이라 한다.

'질병이란 게으른 사람에게 주는 마귀의 선물'이라는데 이렇게 부지런한 그녀에게 질병이 발붙일 틈이 없는 것이다.

건강을 갈망하는 세상의 모든 사람들이 그녀를 타산지석他山之石으로 삼는다면, 병원이 거의 필요없는 세상이 올 수도 있지 않을까? 최소한 우후죽순처럼 늘어나는 요양병원이라도 크게 줄어들 수 있을 듯싶다.

"병든 제왕보다 건강한 구두 수선공이 행복하다."는 이야기처럼, 건강의 소중함은 아무리 강조해도 부족함이 없다. 그리고 그 건강은 전장에서 소개한 고물아줌마나 순대국집 P사장처럼 남의 도움을 받지 않고 스스로 만들어 가야 한다. 그러나 많은 사람들이 자신의 소중한 건강을 자력갱생自力更生하지 않고 병원이나 약물에 의지하려 한다.

따라서 나라의 독립을 지키듯 '내 건강은 내가 지킨다'는 건강독립의 자세가 필요하다는 생각으로, 스스로 자신의 건강을 지켜나갈 수 있는 〈사람을 살리는 기적의 맞춤 운동법〉에 대한 이야기를 하고자 한다.

1. 사람을 살리는 7대 운동법

• 걷기 운동

가장 오랜 역사를 가지고, 가장 쉽고 오래 할 수 있고, 가장 효과적인 전신 운동이다. 많은 선각자들이 "누구든지 하루 1시간 이상 매일 걸으면 만병을 물리칠 수 있다."고 주장할 만큼 사람을 살리는 최고의 운동이다.

• 손뼉치기 운동

손가락 끝은 6개의 경맥이 시작되고, 90여 개의 경혈자리에 연결되어 있어 손뼉을 많이 치면 90여 개의 경혈자리에 침, 뜸, 지압치료를 한 효과를 볼 수 있다.

• 발뼉치기 운동

발가락 끝 역시 6개의 경맥과 220여 개의 경혈자리에 연결 되어 있어 발뼉치기 운동을 많이 하면 220여 개의 경혈자리에 침. 뜸. 지압치료를 한 효과를 볼 수 있다.

• 고개 흔들기(도리도리) 운동

사람의 목은 임맥과 독맥은 물론, 많은 경맥이 목을 지나고 있어, 〈이승원 씨의 뇌파진동〉의 '도리도리' 운동으로 건강을 개선한 사례자가 수없이 많다.

- 모관운동(니시건강법)

세계적으로 유명한 모관운동법은 원리를 잘 이해하고 원칙대로 꾸준히 하면 기적의 효과를 볼 수 있다.

- 박장대소(웃음) 운동

웃음치료의 효과는 의학적으로도 다양하게 검증되고 있다.

- 각종 요가(호흡) 운동

깊은 호흡과 정신적 안정, 기혈순환을 돕는다.

2. 문제는 충분히 꾸준히 하는 것

상기한 7가지 운동법(7대 운동법)은 모두 상당한 의학적 근거와 실체적 검증이 된 훌륭한 운동법들이다. 그중 단 한두 가지 운동이라도 꾸준히, 충분히(땀이 흠뻑 날 정도로) 하여 건강을 회복하거나, 불치병을 물리치거나, 기사회생한 사람은 방송이나 신문 등 매스컴에서뿐만 아니고, 우리 주변에서 많이 볼 수 있다.

그러나 더 많은 사람들이 그런 운동법을 이해하고 실천해 보지만 뚜렷한 효과가 없어, 도중에 포기하곤 한다. "구슬이 서 말이라도 꿰어야 보배이고, 부뚜막의 소금도 집어 넣어야 짜다."라 했듯 아무리 좋은 운동도 꾸준히 수행하지 않으면 무용지물이 되는 것이다. 실은 필자도 수년 동안 그런 운동법에 대한 책도 읽고 여러 가지 운동법을 실천도 해 봤으나 뚜렷한 효과를 얻지 못하곤 했다.

그러나 전편에서 소개한 1000배의 기적(KBS 강연 100℃)을 계기로 운동횟수, 운동시간을 대폭 늘린 결과 놀라운 경험을 하게 되었다. 〈1000배의 기적〉에서 한경애 씨는 뇌성 마비로 굳어져 가는 불편한 몸으로 33년 동안 매일 2시간 30분씩 1000배를 실천하여 기적을 이루었다. 그녀가 평범하게 하루에 20~30분씩 108배를 했더라면 그와 같은 큰 기적을 이룰 수 없었을 것이라는 점이다.

따라서 필자도 하루에 5분~10분씩 하던 모관운동을 30분~60분으로 늘려 전신에 땀이 날 정도로 열심히 했더니, 아침에 식욕이 생기고 몸이 가볍고 생동감을 느끼게 되었다.

이에 고무되어 모관운동에 흥미를 더하여 싸이의 말춤 운동으로 승화시켰고, 족삼리足三理운동, 삼음교三陰交 운동, 백회百會운동으로 발전되었다. 따라서 10분~20분 하던 운동시간도 1시간, 2시간으로 늘어나게 되고, 그후 10여 년 동안에 돋보기가 별로 필요없을 만큼 눈이 밝아졌고 오랜 비염으로 인한 코 막힘과 어깨와 뒷목의 통증이 개선되는 등 여러 가지 긍정적인 변화가 나타났다.

〈1000배의 기적〉은 건강 문제뿐 아니라 나의 삶과 인생관을 긍정적으로 승화시켰다. 어떠한 고난과 역경도 1000배를 하는 심정으로 간절하게 최선을 다하면 세상에 아니 될 일이 없고 걱정할 일도 없다는 굳은 신념을 가지게 되었다. 물론 본 〈기적의 말춤 운동법〉도 〈1000배의 기적〉이 결정적인 '멘토'가 되었다.

지면을 통해서나마 한경애 님께 존경과 감사의 뜻을 밝히며 〈기적의 말춤 운동법〉에 대한 이야기를 하고자 한다.

3. 〈기적의 말춤 운동법〉의 취지 및 개요

인류 최고의 건강 비결은 전술한 P사장님(순대국집)이나 전장에서 소개한 고물아줌마처럼 평소 많이 움직이고 열심히 사는 것이다. 헬스장 같은 운동시설이나 도구, 장소 등이 중요한 것이 아니고 언제 어디에서든지 즐거운 마음으로 몸을 많이 움직이는 것이 최고의 운동이고 바로 최고의 건강 비결이라고 생각된다.

'어떤 운동을 하느냐?'가 중요한 게 아니고, 〈1000배의 기적〉에서 한경애 씨처럼 "어떤 운동이든 신체에 변화를 줄 만큼 충분히 꾸준히 하는 것이 중요하고, 충분히 꾸준히 하기 위해선 운동에 흥취가 있어야 한다."는 관점에서 말춤 운동이 시작되었다.

따라서 본 〈기적의 말춤 운동법〉은 기존의 유력한 7가지 운동법을 안방에서도 할 수 있고, 어떤 도구도 필요 없이 쉽고 흥미있게 할 수 있도록 세계적으로 검증된 〈니시의 모관운동〉에 〈싸이의 말춤〉과 〈지압운동〉, 〈웃음치료〉를 복합하여 흥미와 효과를 극대화했다.

질병은 '게으른 자에게 주는 마귀의 선물'이라고 한다. 남들이 늦잠 자고 있는 사이 아침 일찍 일어나 부지런히 운동하는 것 자체가 신의 은총이요 기쁨이다. 건강에 투자하는 것은 결코 후회하지 않을 최고의 선택이라는 신념으로 필자가 10여 년 동안 실제 체험한 내용을 바탕으로 사실대로 기술하고자 한다.

4. 〈기적의 맙춤 운동법〉의 실제

① 준비단계: 기적의 족삼리 운동

족삼리는 하체 쪽에 몰린 어혈을 풀어주는 가장 중요한 혈자리 중의 하나이다. 막힌 혈을 뚫어 주고 혈액 순환을 개선시켜 면역력 증진을 통해 모든 질병의 예방과 치료에 도움을 준다. 좋은 혈자리에 침이나 뜸치료를 통해 건강(면역력)을 증진시키는 사람들이 많이 있다. 그렇지만 침과 뜸은 시술자나 도구가 필요해 자주 시술받기 어렵다는 단점이 있다. 그러나 지압은 스스로 수시로 할 수 있어 꾸준히 하면 침과 뜸 이상의 효과를 거둘 수 있다.

따라서 본 〈기적의 족삼리 운동〉은 등을 대고 누워 남의 도움이나 어떤 도구도 필요 없이 자신의 손가락으로 지압하며 좌우반동운동(흔들바위 운동, 그네운동, 시계추운동)을 하며 명상과 사색을 겸하는 일석삼조一石三鳥의 운동이다. (지압+반동운동+명상)

아기들이 그네 뛰듯 몸을 움직여 주면 정서적으로 안정되고 쉬 잠드는 것은 요람에서 엄마의 움직임에 익숙한 까닭이라고 한다.

실제로 우리 성인도 족삼리를 지압하며 반동운동을 하다 보면 왠지 마음이 차분해지고 안정되고 상쾌해지며, 자신에 대한 반성과 긍정적 미래, 가족과 모든 이에게 사랑을 주는 상상을 하는 등 놀라운 명상효과(보다 겸손해지고 착해지는 정서와 인격수양)를 경험하게 된다. 족삼리 운동은 최고의 정신 수양운동이고 말춤 운동이나 손·발뼉 치기 운동 중간의 휴식시간에 반복함으로써 더욱 효과를 높일 수 있다.

가. 천정을 보고 반듯이 누워 양 발목을 X자로 꼰 상태로 두 무릎을 굽혀 배 쪽으로 당긴다.

나. 양손의 가운뎃손가락으로 같은 쪽 혈자리 '족삼리'를, 엄지손가락으로는 '음능천'을 꾹 쥐듯 누르며 시계추처럼 몸을 좌우로 흔든다.

다. 마치 신생아처럼 순수한 마음으로 몸의 힘을 빼고 1분에 40회씩 5분(200회) 정도 하며 몸의 변화를 느낀다. 방귀나 트림이 나오거나, 입에 침이 고이고, 몸이 상쾌해지고 가벼워지는 등 신체의 긍정적 변화를 느끼고 즐긴다.

라. 본 족삼리 운동은 지압과 명상을 복합한(운동+지압+명상 사색) 기적의 운동법이다. 느긋한 마음으로 신체의 긍정적 변화를 상상하며, 지난 일을 반성도 하고 앞날을 긍정적으로 설계도 하고, 가족이나 고마운 사람들에게 따뜻하게 해주는 자신을 상상하며 명상과 지압과 운동을 복합적으로 수행함으로써 몸과 마음을 함께 수련하는 것이다.

마. 본 족삼리 운동의 최대 강점은 10분, 20분, 30분, 1시간 이상 해도 지루하거나 힘들지 않게 즐길 수 있을 만큼 편한 운동이다. TV나 라디오를 들으면서도 할 수 있고, 아무리 오래 해도 신체에 무리가 없고 기분이 좋아지고 의욕이 생기는 착한 운동이다. 아기처럼 편한 자세로 누워서 '족삼리'와 '음능천'을 지압하며 반동운동을 충분히 함으로써 몸의 기혈순환을 촉진시켜 기적의 치유 효과를 거둘 수 있는 것이다.

바. 따라서 본 족삼리 운동은 말춤 운동이나 손·발뼉 치기 운동 사이사이에 휴식 삼아 끼워 넣어 수시로 반복한다.

사. 본 족삼리 운동을 수개월 수행하여 익숙해지면 자신의 건강상태에 맞는 다른 혈자리로 바꾸어 가며 다양하게 수행할 수도 있다.

삼음교 운동: 안쪽 복사뼈에서 3~4㎝ 위쪽의 혈자리 삼음교를 엄지로, 반대편의 혈자리 현종을 중지로 지압하며 수행하는 지압 운동.

백회 운동: 오른손 중지로 혈자리 백회百會를 외손 중지로 혈자리 관원, 단전을 지압하며 수행하는 등 자신의 건강 상태에 적합한 혈자리를 바꾸어 가며 다양한 효과를 얻을 수 있다.

■ **해당 혈자리의 주치主治**

· 족삼리足三里: 혈액순환 촉진, 면역력 개선, 노화 방지, 소화기
와 호흡기 계통의 각종 만성질환에 탁월한 효과를 나타내는
소중한 혈자리이다.

· 음능천陰陵泉: 족삼리의 반대 방향에 위치하고 있어 족삼리와
함께 취하기 편리하고 주로 생식기, 비뇨기, 수족냉증, 부인병
등을 개선시킨다.

· 삼음교三陰交: 안쪽 복사뼈에서 위로 3~4㎝에 위치함. 남녀 생식
기와 소화기 질환, 각종 여성병, 불임증, 당뇨, 면역력 향상에 도
움을 준다. 여성의 '족삼리'라 불릴 만큼 좋은 혈자리이다.

· 현종懸鐘: 삼음교와 마주 보는 자리. 고혈압, 신경통을 다스린다.

· 백회白會: 머리의 중앙, 키를 잴 때 가장 높은 곳에 위치함. 각
종 뇌질환, 중풍, 이명, 신경쇠약, 혈액순환 증진, 집중력 증진
등 백 가지 병을 다스린다는 중요한 혈자리.

· 관원關元: 배꼽과 치골(생식기 바로 위에 있는 뼈) 사이를 5등분할 때
배꼽에서 3/5 지점에 위치함(4~5cm). 원기의 근원이 되는 혈자
리로 단전丹田으로 부르기도 한다. 감기 및 각종 호흡기 질환,
각종 위장병 및 소화기 질환, 방광염 전립선염 요도염 발기부
전 등 각종 비뇨기 질환의 치유에 도움을 준다.

② **유희遊戱단계: 기적의 말춤 운동**

제목에서 느낄 수 있듯 말춤 운동은 〈니시의 모관운동〉+〈싸이

의 말춤〉+〈고개 흔들기〉+〈박장대소의 웃음 치료〉 등을 복합하여 흥미와 운동효과를 극대화시키는 운동이다. 아무리 몸에 좋은 음식도 맛이 없으면 잘 먹지 않듯, 기존의 8가지 훌륭한 운동들이 크게 보급되지 못하는 것은 흥미(맛)가 없기 때문이다. 따라서 세계인이 좋아하는 말춤을 기존 운동법과 접목하면 당연히 환상적인 시너지 효과를 얻을 수 있을 것이다.

몸의 힘을 완전히 뺀 상태에서 5체(양팔다리4+1고개)를 말춤을 추듯, 신들린 듯 신나게 움직여 우리 몸의 12경맥 600여 혈자리를 동시에 깨우는 운동법이다.

가. 모관운동 자세로 등을 바닥에 대고 누워 흥겹게 무아지경으로 말춤을 추다가 막춤으로 바꾸곤 한다.

나. 가끔 고개를 들어 흔들며 박장대소한다.(숨을 많이 마시고 천천히 내뱉음, 단전호흡과 웃음치료)

다. 나이트클럽에서 경쾌한 음악에 몸을 맡기고 춤을 추는 모습은 설명이 필요 없이 누구나 잘 알고 즐기는 운동이다. 따라서 정해진 형식에 구애받지 말고 온몸에 힘을 빼고 박장대소하며 5체를 흔들며 춤에 몰입한다.

처음엔 말춤을 추다가 자신만의 막춤으로 바뀌고 때로는 오케스트라의 열정적 지휘자가 되기도 하고 사물놀이의 상쇄가 되거나 신내림굿을 하는 무당이 되기도 한다.

라. 신나는 음악에 맞춰 하거나, 서영춘의 서울 구경 "시골양반 처음 타는 기차놀이라… 으하하하 하하하하…"를 부르며 박장대소의 웃음치료 효과를 극대화한다.

오래 하다 보면 (숙달되고 경지에 이르면) 가사와 웃음소리는 생략하고 '으하하하, 하하하하, 하하하하하'만 리드미컬하게 반복하여 5분만 열심히 하면 침, 가스, 트림, 땀 등 신체적 변화가 나타난다. 지치고 힘들면 5분쯤 족삼리 운동으로 충전하고 다시 말(막)춤 운동으로 들어가기를 반복한다. 특히 이때 침을 삼키는 것은 최고의 항생제요 면역력을 증진시키는 명약이 된다.(나이가 들수록 침이 고갈되기 쉬운데 새벽에 말춤 운동을 하면 침이 잘 나오는 것을 경험할 수 있다.)

마. '싸이' 등 유명 가수들이 콘서트를 할 때 한 곡에 3~5분 걸리고, 이렇게 2~3시간 동안 땀을 흠뻑 적시며 열정적인 춤과 노래를 부른다. 이렇게 자신이 유명가수가 되어 누워서 1시간 이상 열정적인 콘서트를 하기도 하고, 오케스트라의 지휘자가 되어 신나게 손발을 휘젓기도 하고 때로는 무당이 되어 신바람 나는 춤을 추는 등 무한한 상상력과 무아지경(리듬을 타서 하다 보면 몸이 힘들이지 않고 저절로 움직여짐)으로 몰입해서 5체(양다리2+양팔2+고개1)운동을 한다.

③ 심화단계: 기적의 손뼉, 발뼉치기 운동

5장 6부에 7가지 병이 있어 산 송장처럼 기진맥진하던 사람이 발끝치기를 시작하면서 기사회생했다는 이야기가 있다.

우리의 발끝은 6개의 경맥과 220여 개의 경혈 자리가 시작되는 중요한 곳으로, 발뼉치기를 통해 기혈 순환을 활성화시켜 질병 치유에 도움을 줄 수 있는 것이다. 손끝에도 마찬가지로 6개의 경맥과 80여 개의 경혈자리가 시작된다.

심화 단계는 양 발끝과 손끝을 자극적으로 마주치며 고개를 흔들어 14경맥 600여 혈자리를 흔드는 5체 운동이다.

가. 모관운동 자세로 누워 발뼉과 손뼉을 동시에 치며 간헐적으로 고개를 흔든다.

나. 발뼉은 엄지발가락과 안쪽 복사뼈가 동시에 마주치게, 손뼉은 피아노 건반을 치듯 다섯 손가락 끝이 마주치게 친다.(소리가 거의 나지 않게)

다. 10개씩 100회(1세트 1,000회)를 다음과 같이 박자감(흥미) 있게 세면서 친다.

일. 둘셋넷다섯여섯일곱여덟아홉열

이. 둘셋넷다섯여섯일곱여덟아홉열

삼. 둘셋넷다섯여섯일곱여덟아홉열……

백. 둘셋넷다섯여섯일곱여덟아홉열

라. 보통 1분에 45회씩 1,000번(1세트)을 치는 데 22분쯤 걸리며, 한 세트 1,000회만 열심히 해도 침, 가스, 땀이 나오고 몸이 가볍고 부드러워지며, 식욕과 운동의욕이 생겨 2세트(2,000회), 3세트(3,000회)까지 할 수도 있다.

마. 이상 3단계 운동에서 준비단계인 〈족삼리 운동〉은 〈말춤 운동〉과 〈손·발뼉 치기 운동〉 중 지칠 때마다 간헐적으로 수행하여 장시간 운동 중의 피로회복과 활력소로 삼는다. 즉 말춤 3분-족삼리 운동 3분-말춤 5분-족삼리 운동 5분-손·발뼉 치기 5분)-삼음교 운동 5분… 이런 식으로 3단계 운동을 순서에 얽매이지 말고 체력에 맞게 무리 없게 수행한다.

5. 〈기적의 말춤 운동법〉의 궁금증에 대한 문답

[문 1] 기적의 말춤 운동법이 기존의 8대 운동법과 다른 점이 무엇인가?

[답] 기적의 말춤 운동법은 기존의 운동법에 없는 세계인들이 좋아하는 말(막)춤의 흥취를 접목했다는 점이다. 어떤 일을 아무리 열심히 하고 잘하는 사람도 그 일을 즐기는 사람을 이길 수 없다고 한다. 아무리 훌륭한 운동법도 재미가 없어 장시간 꾸준히 하기 힘들었는데, 춤을 추듯 운동을 장시간 즐길 수 있다는 점이 다르다.

이 운동의 최대 강점은 운동을 잘하고, 운동을 열심히 하는 것을 넘어 운동을 즐기자는 것이다.

[문 2] 〈모관운동+말춤+고개 흔들기+박장대소 웃음운동〉을 1000배를 하는 강도로 하루 1~3시간 꾸준히 하면 만병을 물리칠 수 있다는 내용인데, 의학적 근거나 검증이 가능한가?

[답] 니시의 모관운동, 일지 이승헌의 뇌파진동 즉 고개 흔들기, 박장대소 웃음치료는 이미 세계적으로 검증되고 있고 수많은 서적들과 체험자들이 있어 충분히 검증된 사실이다. 단, 말춤은 필자가 우연히 가수 싸이가 3시간 동안 땀을 뻘뻘 흘리며 열정적으로 콘서트하는 모습을 보고, 누구든지 저렇게 즐겁게, 열정적으로 몸을 움직이면 '암癌도 달아나겠구나' 하는 생각을 하게 되었고, 따라서 세계인이 좋아하는 말춤을 모관운동과 접목하면 대단한 시너지 효과를 기대할 수 있다고 생각했다.

특히 모관운동의 우수성은 인정하면서도 많은 사람들이 중도에 포기하는 이유가 흥미를 갖지 못하기 때문인데, 말춤의 흥미를 접목하면 최상의 효과를 기대할 수 있을 것으로 믿는다.

[문 3] 3단계, 즉 준비단계-족삼리 운동, 유희단계-말춤 운동, 심화단계-손·발뼉 치기의 운동 순서를 바꾸어 수행해도 좋은가?

[답] 준비단계의 〈족삼리 운동〉은 운동강도가 매우 낮아 거의 휴식 수준이고, 2단계 〈말춤〉과 3단계 〈손·발뼉 치기〉는 2~3분 하기도 힘겨워한다. 5분 하면 땀이 난다. 따라서 처음에 준비운동으로 시작하고 중간에 힘들 때마다 휴식 삼아 잠깐씩 끼워서 함으로써 장시간 운동을 가능케 한다.

[문 4] 〈기적의 말춤 운동법〉은 하루 중 언제, 얼마나 하는 게 좋은가?

[답] 필자는 새벽 5시 전후부터 1~2시간 동안 하고, 잠자기 1시간 전 9시 뉴스를 들으면서 30분~1시간 동안 시간적 여유를 가지고 즐기는 마음으로 수행하고 있다. 자신의 생활 여건에 따라 7대 운동 요소가 시너지 효과를 내도록 얼마든지 다양하게 조정할 수 있다. 시간과 장소에 관계없이 TV를 보거나 걸으면서 할 수도 있고, 지압운동(족삼리 운동, 삼음교운동)은 깊은 명상(사색)을 하며 할 수 있다.

[문 5] 〈기적의 말춤 운동법〉의 성공을 위해 가장 강조하고 싶은 점은 무엇인가?

[답] 자전거 타는 법을 자세히 설명해서 실제로 능숙하게 타게 할 수는 없다. 자전거와 함께 넘어지고 부딪쳐 스스로 체득해 나가듯, 말춤(막춤)의 본질을 이해하고 자신의 운동으로 소화시켜 체득될 때 기적을 기대할 수 있을 것이다. 마치 '1000배의 기적'에서 한경애 씨처럼 간절한 의지가 필요하다고 본다.

남들이 늦잠 자는 이른 새벽에 1시간씩 신나는 말춤을 추는 일이, 언젠가 중병에 걸려 병원신세 지는 불행한 일을 막아주고, 평생 건강을 보장하는 저축이라는 신념이 필요하다고 몇 번이고 강조하고 싶다. 재삼 강조하면 〈기적의 말춤 운동법〉의 최대 강점은 운동을 춤처럼 즐기면서 함으로써 효과를 극대화할 수 있다는 점이다.

/

무병장수를 위한 명품 먹거리 9종

/

    현대인들은 각종 스트레스와 술, 담배, 각종 인스턴트 식품, 화학 물질이나 농약 등의 오염된 먹거리로 인해 질병의 늪에 빠져들기 쉽다. 홍수처럼 쏟아지는 상품화된 먹거리들이 현대인들을 공격하고 있는 것이다. 더욱이 요즈음 20~30대의 젊은이들이 암이나 고혈압 당뇨병 등 성인병에 걸리는 사례가 급격히 늘어나고 있다고 한다. 이른바 성인병에 걸리는 연령이 점점 낮아지고 있는 것이다. 인스턴트 식품과 가공식품의 홍수 속에 우리의 청소년들이 병들고 있는 것 같아 안타깝다.

    지금 우리는 주변의 많은 젊은이들이 세계 최고의 건강식품인 김치나 된장, 고추장, 청국장 등을 외면하고 각종 상품화된 인스턴트 식품에 길들여지는 모습을 지켜보고만 있지 않은가? 이는 전적으로 부모와 국가, 사회가 책임감을 갖고 나서야 마땅한 일이 아닐까?

무엇을 먹느냐에 따라 자신의 건강과 운명이 좌우된다. 소중한 자신과 가족에의 먹거리에 대한 현명한 성찰과 실천이 필요하다 하겠다. 이러한 취지에서, 100세 시대에 청소년은 물론 온 국민의 무병장수를 위해,

(1)우리 주변에서 쉽게 구할 수 있으며,

(2)면역력을 높이고, 만병을 물리칠 수 있고

(3)필자가 평소 먹고 있는 것 중심으로 최고의 천연 명품 건강식품 9가지를 소개하고자 한다.

1) 마늘 : 지상 최고의 천연 항염·항암제

마늘은 지구상 최고의 천연 항생제요 항염, 항암, 스태미나 식품이라고 강조하고 싶다. 동서고금東西古今의 많은 선각자들이 그렇게 주장하고 있고, 체험적으로도 마늘의 뛰어난 효능을 충분히 알 수 있었기 때문이다. 이런 마늘의 뛰어난 효능과 먹는 방법에 대해 확실히 알고, 매일 빠짐없이 식탁에 올려 마늘 먹기를 생활화한다면 온 가족의 건강을 지키는 지름길이 될 것이다.

따라서 마늘을 이 시대 최고의 명품 먹거리로 선정한다.

① 항생·항균작용

마늘의 알리신은 12만 배로 묽게 희석해도 결핵균을 비롯한 콜레라, 장티푸스, 비브리오균, 포도상구균, 이질균, 임균, 인플루엔자, 바이러스 등에 탁월한 효과를 나타낸다.

② 항암작용

미국 국립 암연구소가 발표한 48종의 항암식품 중 마늘이 1위로 선정되었다. 마늘 속의 셀레늄이 강력한 항산화 작용을 해 전립선암, 대장암, 폐암, 간암, 유방암 등에 효과가 있는 것으로 알려지고 있다.

실제 우리나라에서도 위암이나 대장암 등의 수술 후 항암치료 대신 마늘을 하루 30쪽 이상 꾸준히 복용하고 완치되는 경우가 많은 것으로 알려져 있다.

③ 성적 능력(스태미나) 향상

남성의 성적능력이 떨어지는 것은 생식기 주변의 혈관에 문제가 생겼기 때문인데 마늘 속의 셀레늄이 강력한 항산화 작용을 하고 혈류를 개선시켜 호르몬 분비가 활성화되고 결과적으로 정자 수도 늘어나 성적 능력이 향상된다.

특히 마늘은 섹스 미네랄이라 불리는 아연이 풍부해서 남성의 전립선염과 방광염에도 효험이 있고, 일본에서는 폐경 여성이 마늘을 오래 복용하여 월경이 다시 시작되었고, 마늘 가루를 닭에게 먹였더니 산란율이 현저히 증가했다는 사례도 있다.

④ 혈액 정화작용

마늘은 나쁜 콜레스테롤인 LDL은 줄이고, 좋은 콜레스테롤인 HDL을 높이며 혈압을 낮추기 때문에 혈소판이 응집되는 것을 억제해 혈액순환을 돕는다. 따라서 마늘이 고혈압과 당뇨병은 물론 심장마비와 뇌졸중을 예방하는 것으로 알려져 있다.

⑤ 노화 방지 효과

마늘 속의 활성 비타민 B1은 체내에 무한 흡수되어 면역력 증강, 피로회복, 노화 방지에 탁월하다.

⑥ 감기 예방 효과

마늘 속의 알리신, 스코르디닌이 혈행을 개선시켜 몸을 덥게 하여 감기를 예방 치료한다.

⑦ 다이어트 효과

마늘 속에 함유된 미네랄이 혈액을 맑게 하고 체액을 활성화시켜 노폐물을 배출시키고 체지방을 분해하여 서서히 비만을 해소하는 역할을 한다.

⑧ 해독작용

마늘 속의 시스테인, 메티오닌 성분이 수은 등 우리 몸속의 해로운 중금속을 희석시키고 제거한다.

⑨ 소화흡수 기능 강화

마늘의 매콤한 맛과 향이 고기의 비린내를 잡아주고 소화흡수력을 강화시켜 위와 장을 튼튼히 한다.

● 매일 마늘 먹기

대부분 천연식품이 그러하듯 마늘도 생으로 먹는 것이 가장 효능이 크지만, 매운맛이 강해 많이 먹기 힘들고 위를 해칠 수도 있어 올리브 기름이나 들기름 등에 살짝 볶아 먹거나 장아찌로 담가 먹는다.

특히 마늘을 볶거나 구워 먹으면 매운맛이 없어지고 삼정수라는 진액이

형성되어 정력증진에 도움이 된다고 한다. 365일 식탁에 마늘을 빠뜨리

지 않는다면 가족 모두가 건강하여 병원 다닐 필요가 없어질 것이다.

2) 양파: 최고의 건강 장수식품

고대 이집트인들은 양파를 귀한 보약으로 여겼다고 한다. 또한

중국인들이 기름진 음식을 그렇게 많이 먹고도, 무탈한 것은 녹차

와 양파 때문이라는 얘기가 있다. 양파야말로 수천년 전부터 최고

의 건강식품으로 애용되어 왔다는 뜻이기도 하다.

88세 때 160번째 결혼을 해서 화제가 된 이란의 한 노인이 자기

의 평생 건강 비결이 하루에 1kg씩의 양파를 먹는 것이라고 했다

고 한다. 양파는 그 모양이나 색깔, 톡 쏘는 향 등 마늘과 비슷하

고 그 효과도 마늘과 쌍벽을 이룰 만큼 뛰어나다.

양파를 제2의 명품 먹거리로 선정한다.

● 양파의 효능

　① 양파를 모든 해물이나 육류 요리에 곁들여 먹으면 비린내와 잡냄새를

　　 잡아주고 달콤한 조미료 구실을 해 음식 맛을 좋게 한다.

　② 양파엔 '술펜산'이라는 성분이 다량 함유되어 있어 혈전을 막아주고 심

　　 혈관 질환과 고혈압, 고지혈증 등 각종 성인병을 예방하고 개선시킨다.

　③ 양파는 혈관을 막는 혈전 현상을 방지하고 혈전을 분해해서 협심증,

심경색, 뇌졸중 등 순환기병을 예방 치료한다.

④ 양파는 혈당을 저하시켜 당뇨병을 예방하고 인슐린 분비를 촉진시켜 당뇨병을 치료한다.

⑤ 양파에 들어 있는 '알리신'이 체내에서 비타민 B1과 결합해서 신진대사를 원활히 하고 모세혈관을 튼튼히 한다.

⑥ 양파를 가열할 때 생기는 '세피엔'이 콜레스테롤 수치를 낮춰주고, 양파 껍질에 함유된 '퀘르세틴'이 심장을 튼튼하게 해준다.

⑦ 양파는 칼슘과 철분 함량이 많아 다이어트에도 좋다.

● 매일 양파 먹기

① 식탁에 항상 마련해두고 고추장, 된장에 찍어 밥반찬으로 먹는다.

② 각종 찌개와 고기 요리에 듬뿍 넣어 많이 먹는다.

③ 장아찌나 피클로 담가 사계절 먹는다.

④ 즙으로 만들어 차처럼 마신다.

3) 명월초: 신이 내린 장수 채소

인도네시아 등 동남아시아가 원산지인 명월초는 게르마늄과 항산화물질 등 26종의 각종 천연 유기물질을 함유하고 있어, 신이 내린 장수 채소 또는 진시황이 찾던 불로초라는 얘기도 있다. '당뇨초', '구명초' 신의 잎, 영원한 생명이라는 뜻으로 '삼붕나와(Sambung nyawa)'라고 불린다.

강력한 항균, 항암, 항알레르기, 항궤양, 항혈전 등의 효능이 있어, 암 등 각종 성인병의 예방과 억제효과가 뛰어나다. '당뇨초'라 불릴 정도로 당뇨병, 고혈압에 탁월한 것으로 알려져 있고, 특히 인삼보다 6배나 많은 게르마늄을 함유하고 있어 혈전과 콜레스테롤을 감소시켜 노화 방지에 뛰어나 '진시황이 찾던 불로초'라고 전해진 듯싶다. 게다가 잎이 도톰하여 쌈채로 먹을 경우 씹을 때 향과 식감이 좋아 쌈 채소로 먹기에도 적합하다.

아무리 몸에 좋은 식품도 식감이 좋지 않으면 꾸준히 먹기 힘든데, 명월초 잎은 여느 쌈채보다 식감이 좋다. 게다가 아파트나 도시인들도 손쉽게 길러 먹을 수 있어 더욱 좋다.

길러본 사람은 알겠지만 세상에서 가장 기르기 쉽고 번식하기도 쉬운 채소 중 하나이다. 아파트 베란다에서도 잘 자라고 아무 철이나 줄기를 잘라 물병에 꽂아 놓으면 뿌리를 내리고 직접 습한 곳에 꽂아 놓으면 잘 자란다.

이에 명월초를 제3의 명품 먹거리로 선정한다.

● 명월초의 효능

　① 명월초는 인삼보다 많은 양의 식물성 유기 게르마늄과 수십종의 천연 유기질 성분을 가지고 있어 최고의 장수식품으로 여겨지고 있다.

　② 당뇨병에 특효가 있어 당뇨초라고 불린다.

　③ 항균, 항알레르기, 항암작용을 한다.

　④ 혈전을 용해시켜 피를 맑게 하고 고혈압을 예방하고 낮춘다.

　⑤ 소화기능을 개선하고 소화기의 궤양성 질환에 도움을 준다.

　⑥ 면역력을 증진시켜 각종 질환을 예방한다.

⑦ 장기능을 개선하여 피부를 아름답게 해주고 노화를 방지한다.

● 명월초 먹기

① 잎과 연한 순은 삼겹살 등을 먹을 때 상추와 깻잎처럼 쌈채로 먹는다.

② 마늘, 양파, 브로콜리 등과 함께 피클로 담가 먹는다.

③ 각종 야채와 함께 샐러드로 만들어 먹는다.

④ 고춧잎, 깻잎과 함께 장아찌로 담가 먹는다.

⑤ 잘 말려 분말로 만들어 각종 요리에 조미료처럼 가미해 먹는다.

⑥ 잘 말린 잎과 줄기를 차로 끓여 마신다.

4) 콩식품: 청국장, 된장, 콩나물

콩은 지구촌의 대표적 건강 장수식품이다. '밭에서 나는 쇠고기'라 불릴 만큼 단백질과 아미노산 함량이 육류에 비해도 손색이 없고, 비타민A, 비타민B1 및 B2, 비타민D가 풍부하고, 특히 비타민E도 상당량 들어 있어 피부 미용과 노화 방지에도 좋다. 콩나물로 섭취하면 싹트는 과정에서 비타민C가 풍부해진다.

세계적 장수촌의 하나인 남미 에콰도르의 시골마을 '빌카밤바(vicabamba)'의 장수 노인들은 유기농으로 재배한 콩을 많이 먹는 것으로 알려졌다.

원광대학교 보건대학원은 우리나라 장수마을을 조사해본 결과 콩과 마늘을 많이 먹는 지역이 장수한다는 연구 결과를 발표하기도 했다. 청국장, 된장, 고추장, 콩나물 등으로 우리의 건강 지킴이

구실을 하는 콩을 제4의 명품 먹거리로 선정한다.

● 콩의 주요 효능

① 콩 속에는 식물성 에스트로젠이 들어 있어 골밀도를 증강시키고, 콩 속에 함유된 칼슘은 소화 흡수가 잘 되어 골다공증을 예방한다.

② 콩은 오메가3 지방산이 함유되어 있어 콜레스테롤 수치를 낮추고 동맥경화를 예방한다.

③ 콩은 사포닌 성분이 풍부하여 체중을 감량하여 다이어트에 효과적이다.

④ 콩은 강력한 항암작용으로 유방암, 전립선암, 대장암 등에 억제력을 나타낸다.

⑤ 콩(땅콩)은 혈당을 억제하여 당뇨를 개선시킨다.

⑥ 콩을 장기 섭취하면 소화기와 장기능을 개선시켜 피부미용에 좋고, 노화 방지에 도움이 된다.

⑦ 콩 속의 플라보노이드는 여성 갱년기 장애를 개선시킨다.

⑧ 변비와 신장기능을 좋게 해준다.

● 매일 콩 먹기

① 최고의 건강식품인 콩은 콩죽, 콩자반, 콩가루, 콩조림, 콩국수 등으로 연중 우리 식탁에 오른다.

② 특히 콩을 이용한 된장, 고추장, 청국장 등 우리의 전통 발효식품은 김치와 함께 세계 최우수 건강식품으로 인정되고 있다.

③ 콩을 갈아 두부와 두유로 만들어 먹거나, 싹을 틔워 콩나물로 만들어

맛과 효능을 한층 높여 먹는다.

④ 비만이나 각종 성인병 등에 취약한 사람은 '초콩'으로 만들어 먹으면 콩의 효능을 더욱 극대화할 수 있다.(초콩은 천연식초 3컵에 검은 콩 1컵을 유리병에 15일 동안 발효시킨 콩)

● 청국장 먹기

청국장은 삶은 콩을 발효시켜(2~3일) 고초균枯草菌(바실러스균)이 생기도록 만든 한국전통 음식으로 일본의 낫토와 흡사하다.

청국장은 콩의 크기나 종류에 상관없이 기호에 맞는 콩을 삶아서 쓴다. 1일 정도 물에 불린 콩을 물컹할 정도로 잘 삶아 볏짚을 몇 가닥씩 깔면서 널찍한 항아리 등에 퍼담아 35℃ 정도의 따뜻한 곳에 놓고 보온하면 고초균이 번식하여 발효가 이루어진다. 2~3일 후 발효가 잘되면 마늘. 생강. 굵은 고춧가루 등을 섞고 절구에 찧어 두었다가 필요할 때 쓴다. 주로 돼지고기나 쇠고기, 두부, 애호박, 마늘, 대파, 양파, 묵은지, 고추 등에 짙은 쌀뜨물을 넣고 끓이다가 준비된 청국장을 넣고 1분 정도 더 끓여 먹는다.

몸에 좋은 콩을 더욱 좋게 발효시키고 고기와 각종 채소를 조화시켜 특유의 풍미가 있고 영양가도 높고 소화 흡수가 잘 될 뿐만 아니라 콩단백질을 가장 효과적으로 섭취할 수 있는 최고의 식품이라 하겠다. 이렇게 저렴하고 몸에 좋으며 구하기 쉽고 만들기 쉬운 명품 먹거리, 청국장을 4계절 1주에 1회 이상 빼놓지 않고 먹고 있다.

5) 부추: 명품 채소

부추는 백합과에 속하는 다년생 채소로 매콤한 향과 톡 쏘는 맛 등 영양소가 풍부하고 맛도 뛰어나 예로부터 인삼 녹용과도 바꾸지 않는다는 명품 채소이다. 부추는 한번 씨를 뿌리면 매년 봄에 싹이 나오고 배수만 잘되면 아무 땅이나 잘 자라 재배하기도 쉽고, 봄부터 가을까지 3~5회 베어 먹을 수 있어 도시인들의 텃밭이나 아파트 베란다에서 기르기에도 적합하다. 지방에 따라 '정구지', '부초', '기양초起陽草', '장양초張陽草'라 불러 정력에 좋은 채소임을 말해준다. 맛도 좋고 몸에 좋은 부추를 제5의 명품 먹거리로 선정한다.

● 부추의 효능

① 부추에는 비타민 A, B, C와 카로틴, 철 등이 풍부해서 혈액 순환을 원활하게 하고 소화 기능을 돕는다.

② 부추의 독특한 냄새를 생성하는 '유화 알린' 성분이 자율신경을 자극하여 신진대사를 활발히 하고 성적 능력을 증강시킨다.

③ 부추는 몸을 따뜻하게 하여 위와 장의 기능을 증진시킨다.

④ 부추에 함유된 베타카로틴이 항산화 작용을 하여 노화의 원인인 활성산소의 발생을 억제한다.

⑤ 〈본초비요本草俾要〉에 "부추는 심장을 튼튼하게 하고, 위와 신장을 보호하며 폐의 기운을 돕고, 담淡을 제거하며 모든 혈을 다스린다."라고 했다.

⑥ 〈동의보감〉에 "부추는 손상된 간기능을 향상시키고 간을 튼튼히 한다."라고 하였다.

⑦ 〈본초강목〉에 "부추 생즙을 마시면 천식을 다스리고 어독魚毒을 풀며 소갈消渴과 도한(식은땀)을 그치게 한다."라고 했다.

● 부추 먹기

① 부추 겉절이 쌈채, 상추, 쑥갓, 시금치, 배추 등과 함께 겉절이로 먹는다.

② 끓는 물에 살짝 익혀 묻혀 먹는다.

③ 부추 잡채, 부추 감자전, 부추 달걀 볶음, 부추 두부찌개, 각종 김치 등 다양한 요리에 부추를 듬뿍 넣으면 맛과 약성이 뛰어난 명품 요리가 된다.

④ 피곤하고 기력이 떨어졌을 때 부추 주스나 부추 생즙을 먹는다.

6) 토마토: 세계인이 가장 많이 먹는 건강 채소

토마토는 가지과에 속하는 1년생 반 넝쿨식물이며 원산지는 남미의 페루이고 유럽을 거쳐 동남아로 전해진 열대성 채소이다.

토마토에는 구연산, 사과산, 호박산, 아미노산, 루틴, 단백질, 당분, 회분, 칼슘, 철, 비타민A, 비타민B1, 비타민B2, 비타민C 등과 다량의 식이섬유 그리고 리코펜, 베타카로틴 등 강력한 산화물질을 함유하고 있다.

또한 미국 하버드대 연구팀이 미국인 성인 남성 48,000명을 5년

간 연구조사한 결과, 토마토 요리를 주 10회 이상 먹은 집단이 주 2회 이하 먹은 집단에 비해 전립선암이 45% 감소했다고 발표했고, 유럽에서도 비슷한 조사에서 평소 토마토를 많이 먹는 집단이 덜 먹는 집단보다 심장병 발병률이 50%나 감소했다는 보고가 있다.

중국인들이 기름진 음식을 그렇게 많이 먹고도 무탈한 것은 양파와 녹차를 먹기 때문이라 했듯, 빵과 고기를 주식으로 하는 서양인들의 건강을 지켜주는 일등공신이 바로 토마토라는 생각이 든다. 일찍이 유럽에서는 토마토가 빨갛게 익으면 의사들이 할 일이 없어 얼굴이 파랗게 물든다고 비유했듯, 토마토의 위력은 대단하다 하겠다.

우리는 수천년 동안 김치, 된장, 고추장 등 우수한 전통식품과 채식 위주의 식생활에 적응해 왔으나, 최근 서양식 육식과 가공식품들(인스턴트 식품)이 범람하면서 고혈압, 당뇨병, 암 등 각종 성인병이 확산되고 있다. 성인병을 막는 가장 쉽고 확실한 길이 바로 토마토를 즐겨 먹는 것이라는 생각이 든다.

값도 싸고, 맛도 좋고, 보기에도 좋고, 몸에도 좋은 토마토를 제6의 명품 먹거리로 선정한다.

● 토마토의 효능과 먹기

① 토마토가 최고의 건강식품으로 각광을 받는 까닭은 토마토의 붉은 색을 만드는 '리코펜' 때문이다. 토마토의 붉은 색 속에 들어 있는 리코펜은 노화의 원인이 되는 활성 산소를 배출시켜 인체의 노화를 지연시킨다.

또한 리코펜은 남자의 전립선암과 여자의 유방암, 위암 대장암 등 소화기 계통의 암을 예방한다. 따라서 최근 남미의 페루와 유럽의 스페인과 이탈리아의 장수촌 사람들이 토마토를 많이 먹고 있다고 알려지면서 토마토의 효능이 세계적으로 각광을 받게 되었다.

② 토마토는 각종 비타민과 칼슘, 아미노산을 비롯한 다량의 식이섬유 등 우수한 영양성분을 고루 가지고 있어 고혈압, 당뇨병, 심장병 등 각종 성인병 예방과 개선에 도움을 준다.

③ 토마토의 리코펜과 지용성 비타민은 기름에 익힐 때 소화 흡수가 잘되므로 올리브유 등의 기름에 볶아 요리를 하면 효과적이다.

④ 음주 전후 토마토를 먹으면 '리코펜'이 독성물질을 배출하는 역할을 해 숙취의 예방과 해소에 도움이 된다.

⑤ 식사 전에 토마토를 먹으면 식사량을 줄이고 소화 흡수력을 강화시켜 다이어트에 도움이 된다.

⑥ 비타민C가 풍부하여 피로회복과 여성의 피부 미용에 도움이 된다.

⑦ 토마토를 우유 올리브유와 함께 먹으면 체내 소화 흡수력을 높여 준다.

⑧ 토마토를 끓는 물에 30초쯤 겉익혀 찬물에 담가 껍질을 제거한 후 체에 으깨어 졸여 '토마토 퓌레'로 먹거나 토마토 퓌레에 적당량의 소금과 향신료를 가미하여 '토마토 소스'로 먹거나 토마토 소스에 좀 더 강한 조미료와 단맛을 가미하여 '토마토케첩' 등으로 각종 요리와 함께 널리 먹는다.

7) 표고버섯

건강 장수식품을 얘기하면서 버섯을 빼놓을 수는 없을 듯싶다. 그리고 식용버섯 하면 우선 떠오르는 것이 〈1능이, 2표고, 3송이〉라는 아리송한 이야기가 전해진다. 분명한 것은 우리 선조들께서 이들 버섯 삼총사가 우리 땅에 자생하는 수많은 식용 버섯 중(200여 종) 그 향이나 식감 그리고 약성이 가장 뛰어나다고 여겨왔다는 점이고, 오늘날 버섯 삼총사의 우열을 가리기는 어려울 듯싶다.

대부분의 유용한 버섯이 그러하듯이 이 버섯 삼총사는 특히 공해를 싫어한다. 마치 고귀한 산삼처럼 심심산골 청정지역에서만 자태를 나타내는 귀하신 몸이다. 능이와 송이는 아직 인공재배가 불가할 만큼 까다롭고 고고함을 고수하고 있지만 표고는 좀 다르다. 표고는 인공재배가 전국적으로 활성화되어 온 국민의 건강증진에 크게 기여하고 있는 효자 버섯이다.

자연산 송이와 능이가 아무리 좋아도 높은 가격과 제한된 수량 때문에 1년 내내 식탁에 올리기 어렵지만 표고는 그야말로 1년 내내 온 국민의 식탁에 빠뜨려서는 아니 될 효자 식품으로 사랑받게 된 것이다.

특히 햇볕에 잘 말린 표고버섯은 보관도 쉽고 비타민D가 13배 증가하고 단백질이 9배로 증가하는 등 초우량식품으로 각광받고 있다. 햇볕에 잘 말린 표고버섯을 가루를 내 유리병에 넣어 두고 각종 찌개나 국 등 거의 모든 요리에 조미료로 쓰면 맛도 좋고 몸에도 좋아 일석이조라 하겠다. 표고, 능이, 송이, 목이, 석이, 팽이, 양송이, 왕송이, 꽃송이, 싸리, 느타리버섯 등 모든 식용버섯은 공해에 찌든 현대인들에게 산삼 같은 보약이다.

따라서 표고를 우리의 많은 식용 버섯을 대표해서 제7의 명품 먹거리로 선정한다.

● 표고버섯의 효능

① 표고버섯은 식이섬유가 풍부하여(40%~45%) 대장 건강과 변비에 좋고 풍부한 레티닌 성분이 대장암의 예방과 억제에 도움이 된다.

② 표고버섯에 함유된 메리타테닌이 혈액순환을 촉진시켜주고 혈관 내의 콜레스테롤의 수치를 낮추어 고혈압의 예방과 개선에 기여한다.

③ 표고버섯은 암을 억제하는 식이섬유(글루칸)와 레타린이 풍부하여 각종 암의 예방과 억제에 도움이 된다.

④ 표고버섯은 췌장에서 인슐린 분비를 원활하게 하여 당뇨병의 예방과 치료에 도움이 된다.

⑤ 표고버섯은 감기 바이러스와 싸우는 인터페론의 생성을 촉진하는 성분을 함유하고 있어 감기 예방에 도움이 된다.

⑥ 비타민D는 햇볕에 말렸을 때 생성되는바, 말린 표고버섯에는 칼슘의 흡수를 돕는 비타민D가 풍부하게 형성되어 골다공증 및 피부미용에 효과적이다.

● 표고버섯 먹기

① 싱싱한 표고버섯은 송이버섯처럼 날로 먹어도 식감이 뛰어나다.

② 모든 해물과 육류 요리에 조미료처럼 두루 쓸 수 있는 만능 먹거리이다.

③ 햇볕에 잘 말린 표고버섯을 가루를 내 찌개 등 각종 요리에 넣어 일

년 내내 먹는다.

8) 생강(강황)

생강은 인도와 동남아시아의 고온다습한 지역이 원산지이고 2500여 년 전 중국의 쓰촨 성에서 재배된 기록이 있다. 우리나라에선 고려 현종 9년(서기 1018년)부터 재배했다는 『고려사』의 기록이 있다고 한다. 전설에 의하면 고려 초 신만식이라는 사람이 중국에서 생강 뿌리를 얻어와 전북 봉등에서 재배하기 시작했다고 한다. 오늘날에는 전북 완주군 봉등과 충남 서산 등 전국적으로 재배되고 있다.

한국을 대표하는 모든 김치 요리에 생강이 들어간다. 생강의 강한 향이 젓갈의 비린내를 잡아주고 강력한 항균작용으로 김치가 무르지 않게 해 주기 때문이다. 일찍이 율곡 선생님은 정치인들한테 "자기 색을 잃지 않고 화합할 줄 아는 생강 같은 사람이 되라"고 가르치셨다고 한다. 생강은 자기 색을 띠고 있으면서도 다른 음식을 만나면 과감히 자기 색을 죽이고 화합해서 새로운 맛과 향을 만들어 명품 조미료인 것이다.

생강을 명품 먹거리로 정한 가장 큰 이유는 생강이 몸을 따뜻하게 해주는 대표 식품이라는 점이다. 현대인들은 원시인들과 비교

하면 각종 공해와 스트레스, 운동부족 등으로 체온이 많이 떨어져 있어 각종 암이나 성인병에 잘 걸린다고 한다. 체온이 섭씨 1℃ 낮아지면 면역력은 30% 이상 저하되고 체온 35℃일 때 암세포가 가장 잘 번식하는 것으로 알려져 있다. 따뜻한 생강차 한 잔이 감기를 물리치고 체온을 올려 만병을 예방할 수 있는 것이다.

● 생강의 효능
① 몸을 따뜻하게 하여 면역력을 향상시키고 암 등 각종 성인병을 예방하는 데 도움을 준다.
② 강력한 항염작용으로 가래, 기침 등 감기를 물리친다.
③ 소화, 흡수기능을 도와 위와 장을 튼튼히 한다.
④ 여성의 생리불순과 불임증, 우울증을 개선시킨다.
⑤ 식중독을 예방하고 멀미를 개선시킨다.
⑥ 몸의 부종을 개선시킨다.
⑦ 강력한 항산화 작용으로 노화를 방지한다.

● 생강 먹기
① 감초 대추 등과 함께 차로 끓여 매일 마신다.(감기 예방, 면역력 증진)
② 각종 김치나 찌개 요리 등에 양념으로 넣어 먹는다. 특히 생강을 썰어 햇볕에 말려 가루내어 유리병에 두고 각종 요리에 넣어 먹는다.
③ 생강가루 대신 강황(울금)가루도 비슷하게 활용한다.
④ 생강을 잘게 썰어 설탕을 발라 건조시켜 간식으로 먹는다.
⑤ 생강을 잘게 썰어 꿀에 넣어 두고 차로 먹거나 간식으로 먹는다.

9) 쑥

쑥은 놀랍도록 강한 생명력을 가진 만병을 예방하고 물리칠 수 있는 최고의 산야초이다. 단군신화에 나올 만큼 우리 겨레는 태고부터 쑥을 음식과 약으로 널리 써왔다. 우리의 산삼이나 인삼이 그러하듯 중국이나 일본 등 세계 어느 나라의 쑥보다 우리의 토종 쑥은 독이 없고 약성이 우수한 것으로 알려지고 있다. 다만 강한 생명력 때문에 너무 흔하게 볼 수 있어 공기의 소중함을 잊듯 쑥의 소중함을 사람들이 잊고 있는 듯싶다. 산불이 나서 온갖 초목들이 잿더미가 되어버린 양지녘에 힘차게 솟아오르는 녀석들의 강인함이 놀랍다. 히로시마 원폭에도 제일 먼저 소생한 것이 바로 쑥이었다고 한다.

〈본초강목〉에는 "쑥은 속을 덥게 하여 냉기를 쫓으며 습기를 덜어준다. 기혈을 다스리고 자궁과 배를 따뜻하게 한다. 모세혈관을 보하여 각종 출혈을 멎게 하고 배를 따뜻하게 하여 경락을 고르게 하며 태아를 편하게 한다. 복통, 곽란, 설사를 막고 다스린다."라고 쑥의 다양한 효능을 강조하고 있다.

현대의학적으로 쑥의 효능은 강한 정혈, 해독, 강장, 강정, 소염, 진통, 면역, 이뇨, 지혈, 식욕증진 등의 효과가 있는 것으로 알려지고 있다.

무엇보다도 매년 이른 봄 꽃샘추위를 이기고 힘차게 솟아오르는 청순한 모습에 반하지 않는 사람이 어디 있겠는가? 삼천리금수강산 방방곡곡 빈틈없이 수를 놓듯 솟아오르는 모습이 매년 반갑고 또 반갑다. 쑥은 산삼처럼 귀족이 아니고, 흔하디흔한 민초이다. 따라서 사는 곳도 인적 없는 심심산골이 아니고 인간들이 모여 사는 마을 주변에 주로 자생한다. 개가 사람을 따르듯 쑥도 사람의 냄새나 흔적을 따라 자생한다는 이야기도 있다.

아무튼 쑥은 산삼보다 더 우리 인간(서민)들의 건강에 공헌하고 있는 고마운 존재라고 여겨진다. 나는 이런 쑥을 산삼처럼 여기고 1년 내내 즐겨 먹는다. 4월 어린 쑥은 쑥국, 쑥 된장찌개, 쑥버무리 등을 해먹고, 5월 쑥은 삶아서 비닐봉지에 담아 냉동고에 넣어두고 1년 내내 쑥떡, 쑥 가래떡으로 먹기도 하고, 햇볕에 잘 말려 콩 율무 등 곡식 등과 함께 가루 내 선식으로 먹다.

● 쑥의 효능

① 쑥에는 비타민과 미네랄이 풍부하여 간의 해독 기능을 높이고 신진대사를 원활히 하여 피로회복과 체력증진에 도움이 된다.

② 쑥은 특히 습기를 내보내고 자궁을 따뜻하게 하여 냉. 대하 생리통 등 부인병에 도움이 된다.

③ 쑥의 뛰어난 섬유질이 장운동과 점액분비를 원활히 하여 위와 장을 튼튼히 하고 쾌변에 도움이 된다.

④ 쑥은 탁한 피를 맑게 하고 콜레스테롤과 체내 노폐물을 제거해 고혈압을 개선시킨다.

⑤ 쑥의 독특한 향을 내는 '치네올'이라는 성분은 대장균과 디프테리아균을 억제하는 효과가 있다.

⑥ 쑥의 타닌 성질이 과산화질의 생성을 억제하여 인체의 성인병을 예방하고 노화를 억제한다.

⑦ 쑥은 백혈구의 생성을 도와 살균력과 면역기능을 높인다.

⑧ 속담에 7년 된 병은 3년 된 쑥으로 고쳤다는 이야기가 전해지듯 쑥은 마늘, 당근과 함께 3대 식품으로 전해지고 있다.

● 쑥 먹기

① 3~4월 쑥은 쑥 버무리, 쑥국, 쑥 부침개, 쑥 튀김 등으로 먹는다.

② 5~6월 쑥은 끓는 물에 살짝 데쳐 쑥떡으로 먹거나, 물기 있게 냉동시켜 1년 내내 떡이나 찌개 등으로 먹는다.

③ 성숙한 쑥은 잘 말려 양파망에 넣어 두고 쑥 차로 마시거나 벌레와 냄새 퇴치용으로 쓴다.

④ 성숙한 쑥을 뽕잎, 엉겅퀴, 민들레 등 각종 산야초와 함께 잘 씻어 말려, 볶은 검은 콩, 율무 등의 곡식과 함께 가루 내어 선식으로 먹는다.(아침식사 대용)

지금 우리는 어쩔 수 없이 농산물의 상품화 시대에 살고 있다. 상품화된 농산물은 물론 공장에서 대량으로 생산되는 수많은 가공식품들이 알게 모르게 우리의 건강을 위협하고 있다. 특히 건강에 대한 개념이 미숙한 어린 청소년들이 설탕이나 인공조미료 등 중독성 맛에 끌려 가공식품에 중독되고 있다. 어른들의 각성覺醒이 필요하다고 여겨진다.

따라서 필자는 주방에 다음과 같이 써 붙이고 지키고 있다.

매일 먹어야 할 9대 명품식품

① 마늘 ② 양파 ③ 명월초 ④ 콩(된장, 청국장, 콩나물, 두부) ⑤ 부추

⑥토마토 ⑦ 표고버섯(각종 버섯) ⑧ 생강(강황) ⑨ 쑥

❖ 천연식품天然食品을 침이 고루 섞이도록 30번 이상 꼭꼭 씹어 먹으면 만병이 예방되고 치유된다.

2부

마음을 다스리는 글

/

변기 이야기

/

1

현대인의 생활을 크게 향상시킨 가장 똑똑한 5대 발명품을 1) 전기 2) 수세식 변기 3) 자동차 4) 컴퓨터 5) 스마트폰을 꼽을 수 있을 듯하다. 이들로 인해 우리 인간은 보다 편리하고 신속하고 쾌적한 문화생활을 할 수 있게 되었다.

그러나 달콤한 음식이 건강을 해치듯 지나친 편리함은 오히려 독이 되어 인간을 해치기도 한다. 자동차는 우리에게 걷지 말라 하고, 컴퓨터는 우리에게 생각하지도 말라고 유혹한다. 교통사고로 다치거나 죽는 사람들이 끝없이 이어 전쟁으로 인한 희생자보다 많아지고, 스마트폰에 빠져 일상생활에 지장을 주는 스마트폰 중후군과 컴퓨터, 와이파이 등의 전자파 민감증 환자들이 유행병처럼 번지고 있다. 프랑스 등 유럽에서는 전자파 민감증 환자들이 집

전체를 전자파 차단시설을 하거나 아예 산속으로 거처를 옮기는 사태가 속출하고 있다고 한다. 또한 석유, 석탄, 원자력 발전 등으로 인한 지구 온난화, 방사능 오염, 물의 오염 등 곳곳에서 우리는 알게 모르게 공격당하고 있는 것이다.

따라서 어느 날 조물주께서 인간을 어여삐 여겨, 5대 발명품을 모두 회수하기로 했다면 어떨까? 한꺼번에 모두 회수 하면 충격이 클 터이니 1년에 한 가지씩만 회수하기로 했다.

가장 혼란이 클 것으로 예상되는 서울시에서는, 첫째 해에 시민들의 의견을 모아 스마트폰을 포기하기로 결정을 했고, 공중전화와 유선전화를 대폭 증설하여 고비를 넘겼다.

둘째 해에도 시민 다수의 의견으로 컴퓨터를 포기하기로 했고, 모든 민간기관, 금융기관 등에 주판이 재등장하는 등 불편과 혼란을 겪었다.

셋째 해에는 전기, 변기, 자동차가 막상막하였으나, 시뮬레이션을 하는 등 많은 토론 끝에 자동차를 포기하기로 했고, 차 없는 거리에서 자전거, 우마차, 롤러스케이트가 등장하는 등 맑은 공기에 활기찬 시민들이 늘어났다. 공기가 좋아진 건 물론이고 자동차가 없어 걷고 뛰고 물건을 운반하는 등 몸을 움직이는 일이 많아져 시민들의 건강에 도움이 되기도 했다. 교통사고가 없어 많은 사람의 생명을 구한 것은 참으로 다행스러운 일로 여겨지기도 했다.

넷째 해에는 의견 대립이 더욱 심했다. 전기를 포기하자니 암흑 속에서 냉장고, TV 등 모든 가전제품을 버리고 엘리베이터도 멈춰 수십 층 계단도 오르내려야 되니 도저히 포기할 수 없었다. 그렇다고 변기를 포기하자니 매일 나오는 오물을 어디에 어떻게 처리해야할지 대책이 없다. 비닐봉지에 싸들고 나가도 버릴 곳이 없다. 처리하지 못하면 아파트는 물론 온 시내가 악취로 시달릴 게 뻔하다.

결론은 울며 겨자 먹기로 전기를 포기하기로 했다. 변기가 최종 승자가 된 것이다. 지구상의 하고 많은 문명의 이기利器 중 변기가 최고의 제왕이 된 것이다. 스마트폰, 컴퓨터, 전기, 자동차는 없어도 대체용품 등으로 견딜 수 있지만, 변기 없이는 단 며칠도 살 수 없는 세상이 되어 버린 것이다.

2

현대인들이 사는 모든 건축물들에는 어김없이 변기를 최고 요처에 모셔야 한다. 그렇지 않으면 건물값이 뚝 떨어질 수도 있을 테니까. 대리석 등 최고급 건축자재로 궁궐처럼 꾸미고 그 중심에 파리가 기절할 만큼 번쩍이는 자태를 뽐내며 변기가 여왕처럼 군림한다. 그녀는 남녀노소, 잘난 사람 못난 사람 불문하고 모든 지구인의 연인戀人이 되어 버렸다. 아프리카 등 일부 원주민을 제외한 대부분 지구인들이 매일 낮밤 없이 그녀와 상쾌통쾌한 정사를 나눈다. 모든 이가 그녀 앞에선 한 치의 부끄럼도 없이 두 치부를 훌랑 드러내 놓고 폭풍우 같은 정사를 마치고 금새 아무 일 없었다는 듯 일어선다. 그녀 또한 "우르르르~ 쏴아~" 하고 감쪽같이 뒤처리를 하고 역시 아무 일 없었다는 듯 고고한 여왕의 자세로 돌아온다. 오염의 폭포수는 간데없고 금세 잔잔한 옹달샘이 되어 그녀의 새하얀 속살을 비추며 반짝인다. 100㎜ 플라스틱 파이프 밑의 온갖 오물과 악취의 공격을 애써 잠재우고 항상 밝고 청결한 모습으로 연인을 기다리는 그녀한테 반하지 않을 사람이 어디 있겠는가? 스마트폰에 빠져버린 현대인들은 자칫 그녀의 은혜를 잊고 살기 쉽다. 편하다고 함부로 다뤄 파이프가 막히기라도 하면 온 집 안에 난리가 난다. 썰물처럼 기세 좋게 빠져나가던 오물들이 계속 역류하여 이 사람 저 사람 뚫어 보지만 결국은 전문가를 불러 소음과 악취를 무릅쓰고 많은 비용을 들여 해결하기 십상이다.

하기야 우리 인간들도 그녀처럼 뱃속에 많은 오물(변, 똥)을 저장하고, 가슴속엔 숱한 비밀과 오물 같은 검은 마음을 품고 살고 있는 것은 아닐까? 그녀처럼 항상 밝은 모습으로 웃고 있지만 어쩌다가 조금만 노출되면 소음과 악취로 온 세상이 난리가 난다.

3

수년 전 학력위조 파문으로 나라를 시끄럽게 했던 미모의 S여인은 결국 청와대 고위관리와의 스캔들 사건으로 밝혀져 더 큰 파문을 일으켰었다. 개인의 단순한 학력위조 사건이 아니라 권력형 비리로 밝혀졌기 때문이다. 여자의 미美도 하나의 권력이라더니 두 권력이 만나 환상의 로맨스를 이룬 것이다.

노출되면 스캔들이요, 잘 간직하면 로맨스가 되는 게 아닐까? 아이러니하게도 S여인은 청와대 고위 관리 '변' 모씨를 '똥아저씨'라 호칭했다고 한다. 뱃속의 똥이 밖으로 나오면 비로소 문제가 되듯, 사건이 노출되면서 국가적·사회적 혼란은 물론 개인과 가정에 큰 충격을 준 사건이었다.

요즈음 매스컴에선 두 해군 참모총장 뇌물 수수 사건으로 시끄럽다. 겉으론 하얀 제복의 멋진 해군 장성들이, 속으론 검은 마음을 품고 국민들의 혈세를 탕진하고 국가 방위에 구멍을 냈으니 이 적행위로 다스려야 한다는 여론이 팽배하다. 더욱이 변기 밑에 가려진 더 많은 비리들이 군軍은 물론 우리 사회 곳곳에 뿌리를 내리고 있을 것이라는 어느 네티즌의 주장이 정곡正鵠을 찌른다. 우리 사회가 선진화되면서 많이 투명해진 건 사실이나 아직도 권력의 핵심부일수록 적폐積弊가 심하다는 건 주지의 사실이다.

비리를 다스려야 할 판검사나 고위 공무원, 고위 경찰, 군장성, 정치인들이 오히려 비리의 주체가 되고 있음이 사회 곳곳에서 입증되고 있지 않은가? 지도층의 비리가 터질 때마다 고양이한테 생선 맡기는 꼴이라고 많은 국민들이 입을 모으고 있다. 뽀오얀 변기 밑에 숨겨진 더 많은 부정부패를 뿌리뽑기 위해 언론이나 시민단체 등 온 국민이 나서야 될 것으로 여겨진다. 밀폐된 화장실이 아닌 햇빛과 바람이 소통하는 친환경 화장실처럼 건강하고 투명한 사회가 될 때까지….

4

경남 산청의 지리산 자락에 귀농 귀촌인들 20여 가구가 모여 사는 P 마을이 있다. 이 마을엔 수세식 변기가 없다. 지리산 자락의 맑은 물을 오염시키지 않으려는 주민 의식이 수세식 변기를 거부하고, 친환경 화장실을 쓰기로 합의했다고 한다. 통풍이 잘되는 옥외 화장실에 왕겨나 낙엽 등을 덮어, 자연 발효시켜 비료로 쓰는 것이다. 호박 등 넝쿨 식물이나, 과일나무 등에 멀리 깊숙이 묻어주면 훌륭한 친환경 비료가 되는 것이다.

사실 이런 방법은 이른바 '뒷간'이라는 이름으로 우리 조상 대대로 해오던 지극히 자연스러운 일이었다. 모든 동물의 똥은 식물의 거름이 되고, 그 식물은 동물의 양식이 되는 것이 자연스러운 자연의 순환원리인 것이다. 이러한 순환의 원리를 끊어 버리는 게 수세식 화장실이다. 수세식 화장실은 겉으론 깨끗해 보이지만, 변기를 떠난 똥오줌은 다른 모든 동물의 그것처럼 땅으로 환원되지 못하고, 숨도 못 쉬고 닫힌 공간에서 썩어 간다. 더욱이 그 썩은 물은 천하를 오염시켜 인간을 공격한다. 숲속엔 온갖 동물들의 똥이 널려 있지만, 악취나 오염은커녕 곤충들의 먹이나 식물들의 진귀한 거름이 된다. 도시에서는 가을마다 낙엽 치우는 데 수많은 인력과 예산이 소요되어 골치 아픈데 숲속에선 낙엽 하나하나가 소중한 거름이 된다. 탈북자들의 증언에 의하면 북한에서는 협동농장에서 대대적으로 인분을 수거해서 발효시켜 거름으로 쓰고 있다고 한다. 식량난 비료 부족 등 어쩔 수 없는 선택일지라도 다행이라는 생각도 든다.

요즈음 도시의 은퇴자를 비롯한 젊은 층까지 귀농 귀촌 하는 사람들이 계속 늘어나고 있다. 통계청 발표에 따르면 2013년 귀농 인구 1.1만 가구, 귀촌 인구 2.1만 가구로 2012년에 비해 30% 이상 증가했고 이러한 추세는 앞으로도 계속될 것으로 보인다고 한다. 급속한 산업화·도시화로 인하여 도시 인구의 과밀화와 심각한 공해 문제 등으로 지친 도시인들이 자연의 품으로 돌아오는 것은 현명한 판단이고 바람직한 일로 여겨진다. 건강한 삶을 위해, 건강한 지구를 위해 가능한 자연을 거스르지 않는 생활방식을 따르는 P 마을 같은 곳이 많아졌으면 한다.

법정 스님의 친환경 화장실 얘기를 옮겨본다.

불편하다는 것, 그것이 좋은 것이다. 우리가 너무 편리하게 살다 보니까 잠시라도 전기가 나가고 전화가 끊어지면 안절부절못하고 모든 기능이 정지된다. 그러나 내가 사는 곳에는 그런 것들이 아예 없고 또한 필요로 하지 않는다. 나는 이 땅에 살면서 전기세와 수도세를 내지 않는다. 따라서 나 자신의 어떤 잠재력, 원시적이고 야성적인 잠재력이 마음껏 드러난다.
지난해 내가 변소를 하나 만들었는데 그 전에는 변소가 없었다.

사람들이 들으면 조금 언짢은 소리겠지만 비 오는 날에는 우산 쓰고 밭에 가서 구덩이를 파가지고, 거기서 동물처럼 배설하고 덮어버렸다. 그런데 비가 많이 오거나 눈이 내리면 그것도 불편했다. 그래서 개울가에서 막돌을 주워다가 쌓아올리고 굴피로 지붕을 덮어 뒷간을 하나 만들었다. 혼자 하니까 시간이 많이 걸렸다. 한 달 가까이 걸렸는데 좀 불편하지만 최소한 내가 노력해서 그런 건조물을 짓고 나니까 훨씬 흐뭇하고 보람이 있었다.

바둑 삼국지

/

1

2014년 7월 23일 20시 중국의 시진핑 주석은 청와대 영빈관에서 박근혜 대통령에게 "여기 오신 손님은 모두 모르겠는데 내가 잘 아는 분이 하나 있다. 나도 바둑을 좋아해서 이창호의 팬이다."라며 이창호와 반갑게 악수했고, 이에 박근혜 대통령은 "복잡한 두뇌 게임인 바둑은 마치 인생의 여정과도 같다."고 피력하셨다. 이에 시진핑 주석은 "바둑에는 인생과 세계의 전략이 담겨 있다."고 응수했다고 한다.

시진핑 주석은 중국의 정상급 프로 기사 '네이웨이핑 9단'과도 친분이 두터운 것으로 알려져 있으며, 지난 베이징 한중 정상 회담에서도 중국의 '창하오 9단'을 소개하는 등 바둑에 대한 관심과 애정이 각별하다고 한다. 바둑은 물론 세계정세도 중국이 주도할 수 있다는 자신감을 피력하는 듯싶기도 하다.

2

혹과 백으로 구성되는 바둑은 일견 매우 단순해 보이지만 변화무쌍하고 흥미진진한 게임이다. 바둑의 수는 무궁무진해서 "지구가 끝날 때까지 두어도 똑같은 판은 나오지 않을 것이다."라든가 "바둑의 수는 지구상 모든 모래알 수보다 많을 것이다." 또는 "로또 복권 1등에 10회 이상 연속 당첨되는 확률이다"라는 이야기가 있다.

좀 더 실감 나는 예를 들어 보면 다음과 같다.

신문지 한 장을 50번 접으면 그 두께가 무려 2,560만km가 넘는다. 7번 접으면 128장이 되어 약 1cm가 되고, 1cm에 2를 43번 곱하면 2,560만km 이상의 숫자가 나온다. 단지 2를 50번 곱했을 뿐인데, 신문지의 두께가 지구에서 달까지 거리의 수십 배가 되는 것이다.

바둑의 확률을 수학적으로는 10의 170~500 자승이라는 보도가 있지만 검증하기조차 어렵고, 숫자로 표현하면 361에 360, 359, 358…… 등 2가 될 때까지 반복 곱해야 된다. 신문지 50번 접기와는 비교할 수 없는, 상상하기조차 힘든 수이다. 더욱이 '패'가 나오면 수없이 다시 반복해야 된다.

따라서 장기나 서양의 체스는 슈퍼컴퓨터가 인간의 최고수를 거뜬히 이길 수 있지만, 바둑은 달랐다. 슈퍼컴퓨터 '딥 블루'가 세계 체스 챔피언을 누른 지 18년 만에 구글이 스스로 게임능력을 학습하며 대국하는 인공지능 프로그램을 선보였으나 아마 5단 수준이었다.

한국의 임재범 씨는 초당 4만 번의 모의대국 능력을 갖춘 '돌바람'을 개발하여 일본 전기통신대학(UEC) 컴퓨터 바둑대회에서 우승을 차지했고 그 기념으로 조치훈 9단과 4점 접바둑에서 승리하는 수준이었다.

그러나 불과 몇 개월 만에 인공지능 알파 고(Alphago)가 나타나 이세돌 9단을 제압하여 세상(인류)을 깜짝 놀라게 했다. 체스와는 달리 바둑은 힘들 것이라는 바둑계의 인식이 순식간에 허물어지고 있었다. 빠르고 정확한 수 읽기와 독창적이고 자유분방한 작전을 구사하는 세계 최고의 기사 이세돌 프로 9단을 상대로 거의 완벽에 가까울 만큼 빈틈없는 응수를 보여주고 있었다. 인공지능의 놀라운 발전이 바둑의 천문학적 변화를 극복하는 듯했다.

하기야 인간이 10분 동안에 100여 수를 검토할 때 알파고는 1초에 수백만 판을 검토한다니, 금융 전산 시스템과 인간의 주판 실력, 공사장의 포크레인과 인간의 삽질 실력을 겨룰 수 없듯, 앞으로 이런 식의 대결은 무의미한 것은 아닐까?

인간이 만든 알파 고가 대결의 대상이기보다 인간을 이롭고 행복하게 하는 방향으로 발전되어야 할 것같다.

이번 행사를 계기로 시중에 바둑 서적과 바둑판이 불타나게 팔린다고 한다. 이번 행사가 한국 바둑이 온 국민은 물론 세계인들의 관심과 사랑을 받는 계기가 되어 우리 바둑 발전에도 큰 힘이 될 것으로 생각된다.

바둑은 오직 승패만을 겨루는 단순한 오락게임이 아니다. 한판의 바둑은 하나의 삶에 비유되기도 한다. 바둑을 잘 두면 집중력, 기억력, 상상력, 창의력, 판단력, 순발력 등 고도의 정신수련은 물론, 참고 기다릴 줄 알며, 소탐대실하지 말고, 상대를 가벼이 보고 자만하지 말며, 항상 겸손한 인품을 이루는 데 크게 도움이 될 것이다. 따라서 바둑이 최고의 두뇌 스포츠로 인정되어 광저우 아시안 게임부터 정식 종목으로 선정되기도 했다.

바둑의 기원은 2000여 년 전 고대 중국에서 시작되어 고조선을 거쳐 일본으로 전파된 것으로 추정된다고 한다. 20세기에 들어 일본은 현대 바둑의 독보적 발전을 이루었다. 서양 문물을 일찍 받아들여, 산업·경제·문화 등이 크게 발전하였고 바둑 역시 한국과 중국은 한 수 아래 바닥 수준이었다.

그러나 1980년대 한국의 조훈현, 이창호 등의 출현으로 이후 10년 만에 한국과 일본의 입장이 역전되었다. 후지산처럼 높고 철옹성 같은 일본 바둑이 한국에 무릎을 꿇은 것이다. 일본 열도에 큰 충격을 준 역사적 사건이었다.

일본의 내로라하는 기성 명인들이 나이 어린 신참 이창호한테 줄줄이 쓰러지는 모습에 일본인들의 자존심도 같이 무너지고 있었다. NHK는 일본인들의 각성을 위해 방송 사상 최초로 이창호 특집 방송을 내보내기도 했다.

이창호는 우리 바둑사에 큰 획을 긋고, 많은 기록을 남겼다.

· 세계 최연소 타이틀 획득 (13세)
· 세계 최연소 세계기전 우승 (17세)
· 국내 16개전 싸이클링 히트 달성
· 최다관왕 등극 (13관왕)
· 세계 6대 시전 모두 우승 (그랜드 슬램)
· 세계기전 최다 우승 (23회) 등

현대 바둑 역사상 100년 만에 한 명 나오는 최고 기사로 꼽히고 있으며, 특히 중국에서는 "중국 총리 이름은 몰라도 이창호 이름은 안다."라든가 "이창호가 훌륭한 것은 바둑보다 차분하고 겸손한 인품이다."라는 평가를 하고 있다.

사람들은 그를 "신산神算, 돌부처, 포커페이스"라 부르고 "돌다리도 두들겨 보고 건너지 않는다"는 신중한 기사라고 평가하기도 한다. 이창호의 강점은 그의 별명에서 알 수 있듯 흔들림 없는 정신력이다. 약자한테도 항상 겸손하고 크게 이겨도 자만하거나 우쭐대지 않고 더 겸손해한다. 겸손은 최고의 미덕이고, 인생 80년을 살아도 겸손치 못하면 헛산 인생이라 했다.

이창호가 국내보다 중국에서 더욱 환호를 받는 것은 그의 놀라운 차분함과 겸손함 때문이 아닌가 생각된다.

나는 이창호를 이순신 장군보다 더 통쾌하게 일본을 무릎 꿇린 역사적 위인이라고 평가하고 싶다. 이순신 장군은 거북선으로 일본 해군을 물리쳤지만, 무적함대 이창호는 모든 일본인의 자존심을 무너뜨렸다고 생각되기 때문이다.

4

체력이 국력이라는 말이 있지만, 정보화 시대엔 정신력, 즉 지력 知力이 국력의 바탕이 된다. 고도의 정신력 싸움인 바둑에서 일본을 뛰어넘은 것은 역사적으로도 의미있는 일이라고 판단된다. 아시아는 물론 세계적으로 앞선 일본의 산업기술 등은 우리가 극복하기 어려운 벽이었으나 바둑을 신호탄으로 우리도 일본을 뛰어넘을 수 있다는 자신감을 가지게 되었다. 제철, 조선, 반도체, 가전, 자동차 등 산업기술은 물론 스포츠, 연예, 예술 등 사회 각 분야에서 우리가 일본을 극복하는 계기가 된 것이다.

일본을 극복한 우리는 지금 바둑 인구 8,000만 명이라는 중국의 거센 도전을 받고 있다. 10여 년 동안 공한증에 시달리던 중국 바둑이 꿈틀거리고 있는 것이다. 2013년 중국에 넘겨준 대부분의 빅 타이틀을 올해에는 김지석의 삼성화재배를 시발로 재탈환의 시동을 걸고 있다. 땅덩어리로 보나 인구로 보나 불리한 입장에 선 우리가 선전하고 있어 대견다는 생각이 든다.

21세기를 맞아 아시아의 주도국 한·중·일 삼국이 세계의 주도국으로 발돋움하기 위한 치열한 각축전이 예상된다. 바둑 인구 8,000만의 중국과 겨룰 우리의 어린이들에게 바둑의 꿈을 심어 주어야 될 것으로 생각된다. 바둑을 배우는 일은 어릴수록 효과가 좋다. 꼭 프로 바둑이 아니더라도, 요즈음 컴퓨터나 스마트폰 게임 등에 중독되기 쉬운 어린이들에게, 바둑에 취미를 갖게 하는 것은 참으로 바람직한 일로 여겨진다.

5

바둑의 교육적 효과는 예전부터 실험으로도 증명되고 있다. 명지대 바둑학과와 서울불교 대학원대 뇌 과학과 학생들은 바둑학원에 다니는 20명과 일반학생 20명의 뇌파를 측정한 실험 결과 바둑학원에 다니는 학생들의 뇌파 활성도가 현저히 높았다고 한다. 바둑을 즐겨 두는 학생들의 뇌가 일반 학생들의 뇌보다 활발하게 작동한다는 뜻이다. 명지대 바둑학과에서 초등학교 4학년을 대상으로 실시한 연구에서도 바둑은 학생들의 정서지능, 이른바 'EQ' 발달에 긍정적인 효과를 미치는 것으로 나타났다. 최근 TV프로에 나왔던 바둑 신동 김은지 양(8)의 이야기와 드라마 〈미생〉을 계기로 학부모와 초등학생 사이에 바둑 바람이 불어, 자녀에게 바둑을 가르치고 싶다는 문의가 3~4배 늘었다는 고무적인 신문보도도 있었다. 이창호와 이세돌 선수는 유치원 때부터 바둑에 입문하여 세계를 제패할 수 있었다. 바둑은 특히 조기교육이 중요한 것이다. 우리의 어린 바둑 꿈나무들이 더 많이 탄생되길 바라는 마음에서 바둑의 강점, 장점을 상기해 본다.

생각하는 습관을 기른다.

바둑의 최대 장점은 끊임없는 생각에 있다. 최근 정보통신 기기의 발달로 생각을 게을리하기 쉬운데, 두뇌 싸움인 바둑을 통해서 끈질기게 생각하는 태도와 습관을 기를 수 있다.

집중력이 강해진다.

바둑에 빠지면 하루 한나절쯤은 잠깐 지나가 버릴 정도로 정신이 집중된다.

하나의 사활 문제를 푸는데 도끼 자루가 썩을 때까지 걸렸다는 이야기처럼, 요즈음 주의 산만한 어린이들의 집중력 기르기에는 바둑이 최고라는 생각이 든다.

기억력이 향상된다.

기본 행마법은 물론 수많은 정석이나 경험 등 머릿속에 저장하고 있어야 좋은 바둑을 둘 수 있다.

창의력이 향상된다.

요즈음 '창조 경제'라는 말이 많이 등장하는데, 바둑이야말로 무한한 창의력이 요구되는 대표적 두뇌 스포츠라 하겠다.

인내력이 강해진다.

어떤 어려움도 참고 견디는 끈질긴 사람이 승리하는 경우가 많다.

판단력과 순발력이 요구된다.

수시로 정세를 정확히 판단하고, 순발력 있게 대응할 줄 알아야 한다.

치매 예방에 도움이 된다.

고도의 두뇌 게임인 바둑은 끊임없는 생각이 필요하기 때문에 치매 예방에 도움이 된다.

삶에 교훈을 준다.

지나친 욕심은 금물이지만, 욕심이 너무 없어도 탈이 된다. 눈에 보이는 실리만 쫓다가 세력을 잃어 곤경에 처하기 쉽다. 그렇다고 실리를 소홀히 하면 집 부족증에 걸려 힘도 못 쓰고 패배한다. 상대방이 주는 것을 함부로 챙기다가는 소탐대실小貪大失하기 쉽다. 잠시라도 방심하거나 상대를 깔보고 자만하면 화를 당하기 쉽다. 상수는 두기 전에 생각하고 하수는 두고 나서 후회한다.

누구나 배울 수 있다.

바둑은 두뇌 스포츠의 일환으로, 아시안게임 정식종목으로 채택되었고, 국내에도 바둑전문 TV채널이 2개나 있어 마음만 먹으면 누구나 쉽게 배울 수 있다.

/

작은 결혼식

/

1

주말에 유난히 길이 막히는 경우 알고 보면 주말 예식장 때문인 경우가 많다. 대형 예식장 업체들이 변두리로 옮기거나 주차장을 보완하는 등 노력을 하고 있다고는 하나, 일시에 워낙 많은 예식이 집중되다 보니 혼란을 피할 수 없는 실정이다.

청첩장이라는 걸 받고 혼잡스런 예식장을 다녀올 때마다. 느끼는 것이 기계화·정보화 시대에 맞게 우리 혼례식도 대폭 간소화할 필요가 있다는 점이다.

저마다 바쁜 세상에 더구나 황금 같은 주말에 그 많은 사람들을 불러모아 그러잖아도 심각한 주말 교통체증을 가중시킬 뿐, 정보화시대에도 맞지 않는 허례허식虛禮虛飾이라는 생각이 든다.

뜻있는 많은 사람들이 주말 혼례식의 폐해와 청첩장 축의금 등

의 문제점을 지적하였지만, 오랜 관습으로 굳어져 개선은커녕 업계
의 상업성에 맞게 변모되고 있는 느낌이다.

현행 우리의 결혼식 풍습은 돈의 흐름이라는 경제적 측면에서
볼 때 불균형을 가중시키고 있다. 시골에서 전세버스 한두 대에
하객들을 모아 서울 등 대도시에 가서 식사대접 받고 귀향하는 게
일반적인데, 버스 대절 비용, 예식비, 식대, 사진값 등 모든 비용이
시골에서 도시로 흡수되는 현상이 반복되고 있는 것이다. 심지어
알바 등을 시켜 식권을 빼돌려 혼주에게 이중으로 식비를 부담시
키기도 한다고 한다.

2

다행히 정홍원 국무총리를 비롯한 17개 중앙 부처 장·차관 전원
이 내 자식부터 가까운 분만 모시고 간소하게 결혼시키겠다는 취
지에서 "작은 결혼식" 캠페인에 앞장서기로 한 것은 시의적절하고
훌륭한 시책이라고 생각된다.

국회 인사청문회 때 2009년 외아들을 결혼시키며 전셋집 값을
보태주고 증여세를 납부한 사실이 확인되어 화제가 된 정 총리는
"남의 혼사에 다녀 보면 잠깐의 결혼식을 위해 요란하게 치장하고
꽃장식 등에 수천만 원씩 쓰는 분위기가 국민들을 우울하게 한다.
지도층이 먼저 모범을 보이고, 더 많은 공공기관이 '작은 결혼식'
장소로 개방되도록 정부가 앞장서겠다."고 밝혔다.

또 손봉호 나눔 국민운동 본부 이사장은,

"과거에는 결혼식을 화려하게 해야 체면이 선다고 생각했지만, 요즈음은 과시적 결혼식을 하는 사람을 촌스럽고 생각이 모자라는 사람 쪽으로 인식이 바뀌고 있다."고 지적했다.

따라서 박원순 서울시장을 비롯한 방화남 고용노동부 장관, 최윤기 미래창조과학부 장관은 물론 연예인 이효리 씨도 집 마당에서 작은 결혼식을 올려 큰 감동을 주었고, 최근엔 탤런트 김나영 씨도 제주도에서 친인척 몇 명만 모시고 은밀히 작은 결혼식을 올려 화제가 되었다. 그녀는 "대학 시절부터 줄곧 형식에 얽매이지 않는 결혼식을 생각해 왔다. 지금 제 옆에 있는 이 사람도 미래를 시작하는 첫 단추인 만큼 온전히 서로에 집중할 수 있는 결혼식이었으면 좋겠다고 뜻을 같이했다."라고 밝혔다. 금전만능과 가치관의 혼돈 시대에 대단히 건전하고 건강한 생각을 가진 젊은이라는 생각이 들었다.

'작은 결혼식'에 동참하거나, 캠페인에 참여하실 분은 〈혼례 종합 정보 센터〉에 들어가 참여할 수 있다.

작은 결혼식 서약서

1. 가까운 사람만 모시고 의미있게 결혼식을 올린다.
2. 예단은 간소하게 마련한다.
3, 신혼집과 혼수는 양가의 형편에 맞게 공평하게 부담한다.

3

그러나 이러한 좋은 시책도 관습적으로 굳어진 혼례식의 폐해를 고치기엔 역부족인 듯하다.

모 TV 토크 프로에서 주말마다 예식장 찾아다니기 힘들어 축의금만 전하는 제도가 있었으면 좋겠다는 의견을 내어 열렬한 박수를 받는 모습을 본 적이 있다.

많은 사람들이 금쪽같은 주말을 혼례식에 빼앗기는 것을 부담스러워 하고 있는 것이다. 따라서 최근 주중 저녁에 혼례식을 갖는 풍습이 자연스럽게 이루어지고 있는 것은 바람직한 일로 여겨지나 주말 혼잡을 막기엔 역부족으로 보인다.

잃어버린 주말을 찾아 주는 가장 확실한 방법은 제도적 개선책이 필요하다는 생각이 든다. 예를 들면 주말 예식엔 교통분담금 등의 무거운 페널티를 준다든지, 예식장별 주말 1일 예식 수를 대폭 축소시켜 주말 혼례식을 억제하고 주중으로 분산시키는 제도적 개선이 필요할 것으로 본다.

물론 시행 전에 공청회 등 다양한 국민 여론 조사가 필요하겠지만, 요즈음 여론으로는 반대하는 사람이 거의 없을 것으로 생각된다.

혼례식이 주중으로 분산되면, 다음과 같은

첫째, 고질적인 주말 교통 체증을 근본적으로 감소시킬 수 있을 것이다.

둘째, 절대 다수 국민들이 원하는 잃어버린 주말을 찾게 될 것이다.

셋째, 가족이나 가까운 지인들만 참석하는 오붓한 혼례식으로, 작은 결혼식 취지에도 부합된다.

넷째, 행사, 식당, 사진, 교통 업체 등도 주말 편중에서 5일로 분산되어 효율성을 기할 수 있을 것으로 보인다. 시외버스 등 대중교통 편을 보면, 주중에는 거의 빈 차로 다니고 주말엔 만원이 되는 주말 쏠림현상이 완화될 것이다.

다섯째, 직장인 등 주중 참석이 어려운 하객들은 스마트폰 등을 이용한 축하 글이나 축의금을 전달할 수 있다.

따라서 "잃어버린 주말을 찾아주기 위한 주말 혼례식 억제 대책" 등을 만들어 주말에 편중되어 각종 사회적 문제를 야기시키고 있는 혼례식을 주중으로 분산시킴으로써 많은 시너지 효과를 기할 수 있을 것으로 생각된다.

유명 산과 유명인

1

얼마 전 가족과 함께 설악산 단풍 구경을 다녀왔다. 설악산을 만난 지 족히 20년은 넘은 듯하여, 그리운 옛 친구를 만난 듯 반갑기 그지없고 그 웅장한 울산바위와 화려하고 변화무쌍한 설악의 모습이 단풍과 함께 더욱 일품이었다.

다만 자동차와 등산객이 너무 많아 가는 곳마다 줄을 서야 하고 좁은 곳에선 발을 밟힐 정도로 붐벼 산보다 사람에 취할 정도였다.

국립공원관리공단은 전국 15개 국립 공원 144개 탐방로에 대한 이용압력(스트레스) 지수를 발표했다. "탐방로 이용압력 지수"란 등산객 과밀로 인한 탐방로 훼손, 산불, 샛길 출입, 쓰레기 등으로 자연 생태계에 가해지는 스트레스를 뜻한다.

스트레스 지수가 가장 높은 곳이, 덕유산 설천봉에서 향적봉 사이 0.6㎞였고, 이어서 북한산 통일교에서 신선대, 지리산 비래봉에서 삼거리, 북한산 탕춘대에서 절터, 지리산 중산리에서 천왕봉 등으로 나타났다.

스트레스를 가장 많이 받는 1등급 구간이 많은 산이, 지리산(6곳), 북한산 (5곳), 설악산(2곳), 덕유산(1곳), 내장산(1곳) 등으로 나타났다.

우리나라 삼천리 금수강산엔 평야지대보다 산이 두 배 이상 많다. 높은 산에 올라가 보면 온 천지가 산으로 둘러싸여 있다. 6.25 전쟁 이후 벌거숭이 산이 많았으나, 요즈음은 모든 산이 울창하여 간벌하기 바쁘다. 식량이 부족한 시절엔 산이 많아 식량 걱정을 해야 했지만, 지금은 모든 산이 곧 보물이라는 생각이 든다. 공기 오염을 막아, 맑은 공기를 공급하고, 산림 자원, 수자원, 산야초 자원 등 산의 혜택이 돈으로 따질 수 없을 만큼 지대하다.

2

등산 전문가는 아니지만 원래 산을 좋아해서, 전국의 이 산 저 산을 다니다 보니 많은 사람들이 찾는 설악산, 지리산 같은 유명산, 유명 코스보다 집 주변의 무명 산에서 등산의 기쁨을 더 크게 느낄 때가 많아졌다.

무명 산이 주는 기쁨은 한두 가지가 아니다. 우선 접근성이 좋아 쉽게 오르내릴 수 있고, 사람들이 거의 없어 호젓하게 사색을 즐길 수도 있어 좋고, 가다가 나무 그늘 아래 쉬기도 하고, 도시락을 꺼내 먹고 낮잠도 잔다. 혹 연인과 함께라면 이보다도 좋은 데이트 코스가 세상에 어디 있겠는가 싶기도 하다.

화장실 걱정은 안 해도 된다. 한적한 나무 밑에 웅덩이를 파고, 실례한 후 덮어주면 감쪽같다. 이런 일은 환경 오염이 아니고 오히려 생태계에 보약 같은 역할을 한다는 생각에 상쾌한 기분이 들 뿐이다. 재수 좋은 날은 더덕이나 도라지 한두 뿌리를 캐기도 한다. 더덕이 아니라도 취나물, 참나물, 으름, 다래 등 단골손님이 얼마든지 기다리고 있다. 어쩌다가 반대쪽에서 오는 일행을 만나면, 그렇게 반가울 수가 없다. "어디서 오느냐?", "어디로 가느냐?" 사람이 귀해서 서로 반가운 것이다. 설악산 등 유명 산에서 느낄 수 없는 정겨움이 여기 무명 산에는 널려 있는 것이다.

3

사람도 그렇다. 유명 산이 탐방 압박에 시달리듯 유명세에 시달리는 사람도 늘고 있다. 최근 유명 가수. 탤런트. 코미디언 등 많은 연예인들이 이른바 공황 공포증恐惶恐怖症에 시달리고 있다고 한다. 겉으론 수십년 동안 잉꼬부부로 산다고 소문난 일부 연예인들이 알고 보니 불행한 결혼생활을 하는 이른바 '쇼 윈도 부부'였음이 밝혀져 충격을 주기도 한다. 더욱이 젊고 아름다운 연예인들이 스스로 목숨을 끊는 일이 꼬리를 물고. 재벌 총수, 전직 대통령이 빌딩

옥상이나 절벽에서 뛰어내려 목숨을 끊는 등 충격적이고 안타까운 일들이 많았다. 모두가 이름만 들어도 국민 대부분이 알 수 있는 유명인이라는 부담감이 극단적 선택의 요인이 되었던 것으로 보인다. 즉 병고나 생활고 등 일반적 원인이 아닌, 사회적 체면이나 명성 등이 극단적 선택을 하게 한 배경이 되었다는 사실이다.

'유명세'라는 말이 있듯이 유명인으로 산다는 것이 겉으로는 선망의 대상이고 행복해 보이지만, 치열한 경쟁과 대중의 시선에 대한 부담감 등 많은 스트레스를 피할 수 없었던 것으로 생각된다.

많은 국민들의 지지를 받고 당선된 대통령은 그야말로 유명인 중의 유명인이다. 따라서 국민들의 관심도 크고, 기대도 많고, 비난도 심한 것 같다. 국민이 뽑은 대통령을 원색적으로 비난하고, 사사건건 트집잡는 것도 유명세 때문인가 싶다. 따라서 "대통령 못해먹겠다."라는 말이 나올 지경이었다. 임기가 끝나면 감옥 가거나, 검찰 수사받는, 이른바 대통령 수난시대가 도래한 느낌이다.

국무총리 등 고위 공직자가 되려면 까다로운 국회 인사청문회를 거쳐야 되는데, 수십 년 전 논문, 연설문, 위장 전입, 부동산 다운 계약서 등 지나치게 까다로워 적임자를 찾기 어렵다는 여론이 많다. 털어서 먼지 안 나는 사람 어디 있겠는가? 시효도 없이 그런 잣대를 적용하면 국회의원 자신들은 통과할 수 있겠는지부터 검증하고 청문회에 임해야 될 것으로 여겨진다. 특히 가족이나 친인척까지 신상털기식 사생활 공개 등 세계 어느 나라에서도 볼 수 없는 과잉검증이라는 생각이 든다. 지난날의 사소한 잘못보다 직무 수행 능력이나 인품 등을 따지는 게 청문회의 본질이 아닐까? 청문회가 두려워 고위 공직자 회피 현상이 일어날 법도 하다.

내가 만약 청문회에 나간다면 무사할 수 있을까? 음주운전, 부동산 다운계약서, 위장 전입 등 오래된 일이라 확실치는 않으나 한두 건은 걸릴 것 같은 느낌이다. 안 나가기에 다행이지 온 국민은 물론 자식들까지 지켜보는 앞에서 집안 망신하기 십상이 아닌가 우려된다. 청문회에 불려 나갈 일 없는 무명인인 게 이렇게 다행스러울 수가 없다.

유명 산보다 무명 산에서 등산의 참맛을 깨닫듯 우리의 삶도 "평범함 속에 마음의 평화를 얻는 것이 진정한 행복이 아닐까?" 생각해 본다.

/

술과 마약

/

1

어느 기업체 정문에 "모두가 다 끊었는데 당신만 계속 피우실 겁니까?"라고 씌어 있는 문구를 보고 많은 사람들이 금연에 동참했다고 한다.

우리 사회도 드디어 애연가愛煙家들의 수난 시대가 도래한 느낌이다. 징벌 수준의 담뱃값 인상에다, 이리 쫓기고 저리 쫓기고 맘놓고 담배 피울 곳 찾기가 쉽지 않게 되었다. 죄인처럼 숨어서 한 대 피우고 세상에 나온다는 말처럼 죄인 아닌 죄인으로 인식되고 있다. 하기야 애연가들에게도 호시절好時節이 있었다. 밥상머리에서 담배 피우고 밥그릇 뚜껑에 재 떠는 건 기본이고, 직장이나 사무실, 기차나 버스를 타도 재떨이를 대령하고 애연가를 배려하던 때가 있었다. 시내버스에서 담배 피우다 옆사람 옷에 담뱃불 구멍을 내거나 화상을 입히는 일도 다반사茶飯事였다.

20여 년 전 동창모임을 마치고 거나하게 취한 네 명이 택시를 타게 되었다. 택시에 타자마자 네 명이 약속이나 한 듯 동시에 담배를 피워대자 기사님이 화가 나셨다. 좁은 택시 안에서 네 명이 동시에 담배를 태웠으니 준 화재상황이었을 것이다. 소방서에 갈래 경찰서에 갈래, 옥신각신하다 결국 서로 농담으로 끝을 맺었지만, 기사님 사연인즉, 자기는 절실한 기독교 신자로 술과 담배를 악의 근원으로 여기고 있어 한 말이니 이해해 달라는 하소연이었다.

지금 생각해 보면 그때 그 기사님한테 새삼 죄송한 생각이 든다. 술은 약한 마약이요 담배는 약한 대마초이며 이 두 요물妖物이 악의 근원이라는 말이 새삼 의미있게 떠오른다.

술과 담배가 악惡의 근원인지 필요악必要惡인지는 사람에 따라 다양한 의견이 있겠지만, 100세 시대를 맞아 건강에 관심이 높아지면서, 특히 담배에 대해서는 더욱 강도 높은 억제 정책이 호응을 받고 있다. 요즈음 영화나 TV 등에서 담배 피우는 장면을 볼 수가 없다. 이것은 금연을 위한 사회적 배려로 바람직한 일로 생각된다. 인기스타의 담배 피우는 모습이 청소년들에게 지대한 영향을 줄 수 있기 때문이다.

2

그러나 담배에 비해 술에 대한 우리의 사회적 인식은 너무 안일하다는 생각이 든다. TV나 영화 등에서 주인공들의 음주장면이 여과없이 방영되는 건 물론이고, 토크 쇼 등에서 자신의 기록적 음주 습관을 자랑하는 등 우리 사회가 아직은 음주에 대해서 너무 관대한 것이 아닌가 생각된다. 친척이나 친지 등 여러 사람이 모이는 곳에서 무용담을 얘기하듯 기록적 음주 경력을 자랑한다. 5박 6일 동안 소주를 몇 박스 먹었느니, 빈 술병이 방안에 가득 차게 마셨느니, 무거워서 들고 갈 수는 없으나 마시고 갈 수는 있다고 자랑하기도 한다. 스스로 몸을 학대하고 건강을 위협하는 음주 습관이 자랑 아닌 자랑거리가 되고 있는 것이다. 일제 35년의 암울한 시대와 6.25전쟁의 아픔을 겪으며 한 맺힌 우리의 음주문화가 이렇게 극단적으로 형성된 것이 아닐까 하는 생각이 든다.

3

2200여 년 전 황제내경皇帝內徑에 "태고 사람들은 100세를 넘게 천수를 다했는데, 오늘날 사람들이 반백이 되기 전에 기력이 쇠하는 것은 절도가 없고 술을 물처럼 마시며 욕망을 다스릴 줄 모르기 때문이다"라는 문답이 있다.

그 당시에도 술꾼들이 창궐했던 것으로 짐작되는 대목이다. 요즘 우리 사회의 술 문화는 가히 세계 챔피언급이라 할 만하다.

불경기에도 도시의 술집은 밤새 북적인다. 음주량 세계 1위라는 말이 실감날 만큼 거리마다 취객이 넘쳐난다.

술이 원수라 하더니 요즈음 우리 사회에 술 때문에 패가망신하는 사람이 줄줄이 사탕이다. 1) 청와대 대변인 성추행 사건, 2) 제주 지검장 음란행위 사건, 3) 전직 검찰총장 성추행 사건, 4) 육군 장성 음주 추태사건 및 성추행 사건, 5) 대한항공 모 재벌총수 기내 난동사건과, 6) 땅콩 회항사건 등등…. 꼬리를 물고 일어나고 있는 음주 관련 추태사건은 혼탁한 우리 사회의 단면을 보는 것 같아 황당하고 안타깝다. 역지사지易地思之로 장본인들의 입장에서 더욱 그러하다. 그놈의 술 때문에 50~60년 평생 쌓은 공든 탑을 하루아침에 날려 버리고 중죄인 신세가 되었으니, 천추의 한이 되었을 것이다. 무슨 낯으로 자식과 가족을 보며 가장의 체면은 어찌 되는 것일까? 그놈의 술이 철천지원수일 것이다.

어느 사형 집행관의 말에 따르면, 한 사형수가 마지막으로 남기고 싶은 말이 있었는데, 가족도, 돈도, 사랑 얘기도 아니고 술 얘기였다고 한다. 그놈의 술이 이렇게 나를 사형장에 이끌었다고 통한의 후회를 했다는 것이다.

4

영국의 정치학자 글래드스턴은 "전쟁, 흉년, 전염병, 이 세 가지를 합한 것보다 술로 인한 피해가 더 크다."라고 술의 폐해弊害에 대해서 강조했다. 분명 술은 담배보다 더 광범위하고 치명적인 피해를 유발하고 있다. 특히 음주운전으로 인한 피해는 더욱 치명적이다.

바로 며칠 전 이른바 크림빵 뺑소니 사건의 범인이 마지못해 자수했다고 매스컴이 시끄럽다. 알고 보니 심야에 음주운전으로 인명사고를 내놓고, 사망사고임을 인지하고 목격자가 없으니, 완전범죄 유혹에 빠져 뺑소니를 친 것으로 보인다. 사고원인이 음주로 인한 과속과 전방주시 의무 소홀이라 치고, 더 큰 실수는 정당하게 사고 수습을 하지 않고 뺑소니를 친 사실이다. 사고를 낸 것도 음주운전 탓이고 뺑소니를 친 것도 음주 때문으로 여겨진다. 운전하는 사람은 항상 모든 사고에 대한 가능성을 상상하고 대비해야 한다. 목격자가 없다고 해서 사고 수습의무를 방치하고 뺑소니치는 행위는 블랙박스나 CCTV 등의 발달로 가능하지도 않고 몇 곱절 더 큰 죄를 짓는 어리석은 짓임을 인지하고 운전에 임해야 한다.

음주운전이 이러한 합리적인 상황 판단력을 마비시켜 뺑소니라는 더 큰 죄를 유발한 것이다. 단란한 생일 파티를 꿈꾸는 한 가족의 운명을 짓밟고, 자신의 운명도 평범한 시민에서 하루아침에 뉴스에 오르는 범죄자가 되었으니 안타까울 뿐이다. 모든 운전자가 타산지석他山之石으로 삼아 언제든지 나에게도 이런 일이 일어날 수도 있다는 겸손한 마음으로 운전에 임해야 될 것이라는 생각이 든다. 한 치 앞도 알 수 없는 것이 현대인의 운명이요, 운전대를 잡으면 더욱 그러하다. 순간의 음주운전이 사랑하는 가족과 나의 운명을 지옥에 빠뜨릴 수 있음을 항상 명심해야 될 것이다.

5

보건복지부 질병관리본부는 2014년 현재 우리의 흡연율은 조금씩 감소하는데, 월간 음주율은(최근 1년 동안 한 달에 1회 이상 계속 음주한 사람의 비율) 60.8%로 사상 최고치라고 발표했고, 최근 미국의 유력지 워싱턴 포스트는 술꾼과 마약류 복용자들의 잦은 결근이나 업무 태만 등으로 골칫거리가 되고 있다고 보도했다.

결론적으로 술은 약한 마약이요, 담배는 약한 대마초라고 선언해도 아무도 이의를 제기할 수 없을 것으로 생각된다. 특히 마약 중독이 무섭듯 알코올중독은 개인의 건강은 물론 치명적 가정파탄과 음주 교통사고 등 광범위한 사회적 피해를 유발하고 있어 국가·사회적으로 보다 적극적인 대책이 필요하다고 여겨진다.

/

묘지 천국

/

1

산이 좋아 이 산 저 산을 누비다 보면 양지바르고 전망 좋은 이른바 명당자리에 요란한 석물과 함께 묘지들이 진을 치고 있는 모습을 자주 보게 된다. 어느 곳에는 요란한 석물을 거느린 묘지들이 후손들이 사는 동네보다 더 양지바른 곳에 더 널찍하게 차지하고 있는 곳도 볼 수 있다. 어릴 적에는 별생각 없이 조상을 섬기는 당연한 일로 여겨졌으나, 산과 친해지면서부터 묘지가 눈의 티처럼 거슬릴 때가 많다. 산림으로 우거져야 할 금수강산이 군데군데 묘지로 훼손되고 있기 때문이다. 특히 인가 부근의 향向 좋고 널찍한 묘지들을 보면 후손들이 대대로 집도 짓고 텃밭도 가꾸며 살아가야 할 명당을 조상들이 영원히 차지하고 있는 것 같아 안타까운 생각이 들기도 한다.

명당에 조상을 모셔야 자손만대가 번성한다는 사상이 우리나라의 묘지 문화를 이렇게 이끌어 온 것이다. 우리나라의 매장문화는 수천년 전 고조선 시대부터 시작되어 신라시대에는 작은 언덕만한 왕릉을 만들었고 고려·조선시대를 거쳐 작금까지 지속되고 있는, 세계에서 유례를 찾기 힘든 '묘지 천국'이라 할 만하다.

보건사회연구원이 발표한 자료에 따르면 2013년 현재 전국(남한)에 2,100만 기의 분묘가 있으며, 그 면적이 약 1,000㎢에 이른다. 여의도 면적의 119배, 국토의 1%에 달하며 매년 여의도 면적의 1~1.5배씩 증가하고 있고 묘지로 인한 경제적 손실이 연 1.4조 원에 달한다고 한다.(최근 화장문화의 발달로 묘지 면적 증가율은 점차 떨어지고 있음.) 인구에 비해서 국토는 협소한데다 산이 많아 가용토지可用土地가 30%에 불과한 우리나라 실정에 매장문화를 고집하는 것은 고조선 시대의 사고방식이 아닐까? 다행히 1990년대 이후 우리나라 장례문화도 점차 화장률이 증가하고 있다. 1991년 18%였던 화장률이 2001년에 38%, 2005년에 53%, 2009년에 65%로 급속히 개선되고 있고, (1)매장에서 (2)화장 후 납골당으로 (3)수목장·자연장으로 변화하고 있어 바람직한 일로 여겨진다.

3

부모님께 효도하고 조상을 공경하고 숭배하는 일은 백 번 천 번 지당한 일이나, 지나치게 형식을 앞세우다 보니 오히려 후손들에 폐를 끼치게 된 것이다. 조선 선비들은 부모님이 돌아가시면 생업을 거의 전폐하고 삼년상을 치르고, 일 년 내내 여러 조상님 제사 모시기에 연연하다 가세家勢가 쇠퇴하였다. 임금님을 비롯한 고관대작들과 양반들이 앞장서 명당자리를 탐하니 일반 백성들도 덩달아 명당자리가 밥 먹여주고 자손만대 번창하게 해준다고 생각했을 것이다.

조선말 광화문에서 명성황후의 묘지인 홍릉까지 황제 전용 전차 선로를 부설하게 되었는데 공사구간에 있던 묘지들을 이장할 때 소위 명당이라는 사대부 묘에서 나온 시신은 물에 차 오물로 변했고, 오히려 천민들의 보잘것없는 묘에서 황골黃骨이 나와 이를 본 사람들이 조선의 지학을 믿을 수 없다고 실토했다고 한다. 명당에 묘를 쓴다고 해서 시신이 잘 보존되고 자손들이 번창한다는 생각은 과학적으로는 물론 논리적이지도 못하다. 한국 제일의 명당은 대부분 임금님들이 차지하고 있다. 그러나 작금 왕족의 후손들이 명당의 위세처럼 번창한 사례를 찾기 힘든 실정이다.

4

장자莊子는 임종이 임박하여 성대한 장례식을 준비하고 있는 제자들에게 "내가 죽거든 하늘과 땅으로써 널을 삼고, 해와 달로써 한 쌍의 구슬을 삼고 만물로써 재물을 삼으며 이승을 떠날 수 있도록 들판에 놓아두어라."고 했다.

제자들이 "그렇게 되면 짐승들이 선생님을 뜯어 먹을까 걱정입니다."라고 말하자 "땅 위에 있으면 짐승들의 밥이 되고 땅 밑에 있으면 벌레들의 밥이 될 것이니 무엇이 다르겠느냐?"며 성대한 장례식을 거절했다 한다.

중국은 문화혁명으로 매장문화가 없어진 지 오래이다. 등소평도 화장되어 유골이 남쪽 바다에 뿌려졌다. 스위스는 시신 화장 후 고인의 유골을 지정된 나무 밑에 묻는 것 외엔 어떤 산림훼손도 금지하고 있으며 독일 영국 스웨덴 등으로 확산되고 있다고 한다. 우리나라는 일부 재벌총수나 전직 대통령을 포함한 일부 정치인 등 많은 지도층들이 호화묘 문제로 국민의 지탄을 받고 있는 실정으로 본인들의 각성과 결단, 국가·사회적 장기 대책이 필요한 것으로 여겨진다.

/

생각

/

1

좀 진부陳腐한 얘기이지만, 우리는 다음과 같은 질문을 항상 저마다의 가슴에 묻고 산다.

"나는 누구인가? 인생이란 무엇인가?"

"나는 왜 태어났으며, 어디서 왔다 어디로 사라지는 것인가?"

"무한대의 우주와 지구의 존재는 무엇인가?"

"죽음의 의미는 무엇이고 사후세계는 존재할까?"

그러나 동서고금을 막론하고 아무도 이런 원초적 질문에 대한 뚜렷한 답을 내놓지 못하고 있다. 나도 모르고 너도 모른다. 세계 최고의 철학자, 과학자, 심리학자, 종교 지도자들도 한 치 앞도 알 수 없는 게 죽음과 사후의 세계이다. 물고기가 물 밖의 세상을 알 수 없듯 우리도 지구 밖의 세상을 거의 모르고 있다. 아기는 요람이라는 소우주에서의 삶을 마감하는 '으악' 소리와 함께 세상에 태어난다. 우리의 입장에서는 탄생이지만 아기의 입장에선 엄청난 산고産苦와 공포 끝에 숨이 멈추고 탯줄(생명줄)이 끊기는 죽음이라고 보는 견해도 있다. 그러나 그 공포의 순간을 기억하는 사람은 아무도 없으니, 하나의 생각(추측)일 뿐이다.

우리의 죽음도 4차원의 세상에서는 하나의 탄생은 아닐까? 인간의 죽음이야말로 나약하고 불완전한 육신의 탈을 벗어버리고 신성한 영혼의 세상, 불멸의 세상. 무한우주의 세상으로의 탄생은 아닐까? 수많은 선각자들이 이러한 의문을 풀고자 수십년 동안 정신수양을 하고 도道를 닦으며 노력했지만 풀리지 않는 수수께끼일 뿐이다. 역시 한 치 앞도 알 수 없는 게 인간의 본질이라는 생각이 든다.

분명한 것은 인간은 육신肉身과 정신情神의 오묘한 결합체라는 점이다. 인간뿐만 아니라 모든 생명체는 생과 번식을 위한 영혼(정신과 생각)을 가지고 살아간다. 다만 단순한 구조와 기능을 갖고 있는 단세포 동식물들도 있고 인간처럼 고도로 복잡한 구조와 기능을 갖고 있는 영장류들이 있을 뿐이다. 원숭이, 고릴라, 침팬지 등 영장류에 비해 인간은 뛰어난 두뇌(생각)로 지구를 지배하고 있다. 인간의 위대한 승리는 인간의 신체적 능력보다 뛰어난 두뇌(생각) 때문으로 볼 수 있다. 특히 인간이 다른 동물들과 다른 결정적 요인이 뛰어난 두뇌로 계속 생각을 한다는 것이다.

원시시대 인간은 원숭이처럼 잽싸거나 나무에 오를 수도 없고, 소나 말처럼 힘이 세고 빠르지도 못해 맹수들(특히 큰 뱀)의 표적이 되었다고 한다. 가족들을 나무 위에 피신시켜놓고 사냥 갔다 돌아와 보니 큰 뱀이 가족들을 삼키고 있어 가장이 창으로 뱀의 눈을 공격하고 있는 상상도를 본 적이 있다. 따라서 뱀이 인간의 오랜 천적이었으며 지금까지도 인간의 유전자에 뱀에 대한 공포와 거부감이 나타난다고 한다. 인간은 맹수들의 공격에 도망치거나 힘으로 맞설 수 없는 불리한 상황에서 두뇌(생각)를 쓸 수밖에 없었을 것이다. 무기를 만들고 개량하고 맹수들과 맞서 싸우는 전략을 짜는 등 많은 생각이 쌓이고 쌓여 오늘날의 문명을 이룬 바탕이 되었을 것으로 생각된다. 대부분의 동물들이 힘이나 빠름으로 살아남았다면 우리 인간은 연약하지만 오직 끊임없는 생각으로 지구를 지배하게 된 것이다. 인간에게 생각의 발전이 없었다면 지구의 제왕은커녕 살아남기조차 어려웠을 것이다. 인간한테 생각하는 능력이 없다면 하등동물에 불과할 것이다.

생존의 위기나 고난과 고통 등은 인간을 생각하게 했고 생각은 인간을 지혜롭게 했으며 그 지혜로 인간은 지구를 정복하고 눈부신 발전을 이루게 되었다. 개인이나 국가도 그렇다. 미국은 남북전쟁의 홍역을 치른 뒤에 크게 발전했고, 독일과 일본은 2차대전 패망 후 눈부신 발전을 했으며, 한국과 베트남도 전후 활발한 발전을 이루고 있다.

오랜 시행착오 뒤에 성공한 사업가는 좀처럼 망하지 않는다. 많은 실패의 고통을 겪으며 생각을 많이 했기 때문이다. 학생들에게 답을 주입시키지 않고 시행착오 끝에 문제를 해결하게 하는 주체적 학습이 많은 생각을 하게 하여 창의력을 기를 수 있게 해준다고 한다. 생각을 많이 한다는 것은 인간의 특권이고 무기이며, 개인과 국가의 미래이고 자산이라는 생각이 든다.

3

따라서 일찍이 프랑스의 철학자 데카르트는 "나는 생각한다, 고로 존재한다."라고 생각의 존귀함을 강조했고 파스칼은 "사람은 생각하는 갈대이다."라고 연약한 인간이 어떠한 도전과 역경도 이겨내는 생각의 위대함을 설파說破했다. 그러나 자동차 때문에 운동부족증에 걸리기 쉬운 현대인들에게 스마트폰의 진화는 인간의 생각하는 힘마저 마비시킬 지경이다. 초등학생을 포함한 대부분의 청소년들이 스마트폰에 빠져 있다, 독서를 하거나 사람들과 교류하는 시간보다 컴퓨터, 스마트폰 등 기계와 교류하는 시간이 많아지고 있어 심히 우려된다. 이러다가 생각하지 않는 사람들의 세상이 오는 것은 아닐까?

논어論語에 나오는 군자君子가 가져야 할 아홉 가지 사려깊은 생각에 대한 이야기를 담은 군자구사君子九思는 현대인들에게도 귀감이 될 만큼 쉽고 보석 같은 생활철학이 담겨 있다. 고전 읽기에 소홀했던 필자가 군자구사를 접하게 된 것은 40대 중반쯤이었다. '이 렇게 좋은 이야기를 좀 더 일찍 만났더라면…' 하는 아쉬움과 지난 날의 경솔하고 어리석은 일들이 떠올랐다.

"시사명視思明 청사총聽思聰 언사충言思忠…"하며, 한자어의 짧고 함축성 있는 의미를 곱씹으며 혼자 음미하기 아까운 생각이 들어 벽에 크게 써붙여 놓기도 하고 학생들이나 이웃들에게 전해주곤 하기도 했었다. 지금 우리는 도덕적·사회적 가치관의 혼돈시대에 살고 있다. 매일 매스컴에 흘러나오는 사건·사고나 특히 끝없는 정치공세 등을 접할 때마다 국민들은 혼란스럽다. 사심 없이 정확하게 보고, 듣고, 말하는 사람을 찾기가 힘들다. 도대체 누구의 말이 옳고 진실은 무엇인지 가늠하기 힘들 경우가 많다. 정치의 수준은 국민의 수준 이상도 이하도 아니라 하듯 이런 때일수록 국민들이 현명해져야 되겠다는 생각이 든다.

4

얼마 전 재미 교포 신 모 씨는 북한 정권이 일방적으로 보여 주는 일부 모습을 보고 듣고 와서 북한 사회에 아무 문제가 없다는 식의 강연을 하다가 국민들의 지탄을 받았었다. 장님이 코끼리 만지듯 보여주는 부분만 보고, 북한 사회에 대한 보다 정확하고 객관적인 사실에는 눈을 감고 있는 모습이었다.

어떤 일이나 사물 등을 정확하게 보고, 총명한 마음으로 듣고,

중심을 잡아 공정하게 말하는 일은 대단히 중요하고 어려운 과제라는 생각이 든다. 한자 생각사思는 밭전田 밑에 마음심心을 더해 자연을 배려하고 거짓없이 농사짓는 지혜를 담고 있다. 우리는 지금 농사짓는 마음을 잃고 사는 듯 싶다. 디지털 문화에 너무 치우치기 쉬운 우리 청소년들과 정치인을 포함한 모든 국민들이 군자구사君子九思의 이야기를 타산지석으로 삼았으면 하는 마음으로 소개해 본다.

❖ 군자구사君子九思

시사명視思明

사물이나 사태, 사람 등을 보고 판단하는 일은 신중하고 정확해야 한다. 부분보다 전체를 살펴야 하고 외부로 나타난 모습만 보지 말고 속까지 꿰뚫어 봐야 한다. 그러기 위해서는 많은 생각(지식, 지혜)이 필요할 것이다.

청사총聽思聰

남의 이야기에 귀 기울여 경청하라. 귀를 열고 긍정적인 마음으로 많이 듣고 말은 조금 할 것이며 옳고 그름을 현명하게 새겨듣는다. 남의 얘기를 귀담아듣지 않는 자는 군자가 될 수 없다.

언사충言事忠

말을 할 때는 참되고 균형있고 공정하게 할 것이며, 남을 헐뜯
거나 예의에 어긋나는 말을 삼가고, 꾸밈없고 진정성 있게 해야
된다.

색사온色思溫

온화한 인품에서 온화한 표정이 우러나온다. 얼굴에 화를 담
거나 힘을 주거나 연기하듯 거짓 표정을 삼가고, 웃음 띠고 부
드러운 표정을 한다. 자기 얼굴에 자기 인품이 담겨 있음을 잊
지 말자!

모사공貌思恭

몸가짐을 단정히 하고, 항상 공손한 모습과 태도를 취한다. 교
만이 최고의 죄악임을 알고 모든 이에게 낮은 자세로 임한다.

사사경事思敬

모든 일에 성실하게 임한다. 자기가 하는 일을 사랑하고 자기
직업에 만족할 줄 알아야 한다. 성실한 사람은 언젠가는 반드
시 성공한다.

의사문疑思問

매사에 호기심을 갖고 배우는 자세로 임한다. 모르는 것은 묻

고 생각하고 연구하는 창의적인 태도를 갖는다.

분사난忿思難

억울하고 분한 일을 당했을 때는 화를 참고 더 큰 어려움을 부를 수도 있음을 생각하라. 한 번 참으면 1년이 화평하고, 두 번 참으면 평생동안 화평하며 세 번 참으면 3대가 화평하다. 한순간을 참지 못하고 욱하는 마음으로 폭력을 저질러 평생을 망치는 사람이 즐비한 세상이다.

득사의得思義

자기한테 득이 되는 일이 생겼을 때는, 정당하고 떳떳한 일인지 따져 보라. 떳떳하지 못한 남의 호의를 받아서는 큰 낭패를 받을 수 있음을 잊지 말아야 한다.

의사들 앞에서 장수법 강의한 학원 강사

책 이야기 ①

/

1

6.25전쟁 직후 시골 초등학교에서 책이라고 하는 것이 교과서가 거의 전부였다. 인쇄 냄새 풍기는 천연색 그림의 교과서를 받으면 신기해서 얼굴에 대고 냄새도 맡아보고 시멘트 푸대 종이로 싸서 마르고 닳도록 읽고 또 읽었다. 국어책은 아예 전체를 외우기도 했다.

중학생 시절, 당시 잘나가던 '안현필의 삼위일체'라는 영어 참고서 한 권을 어렵게 구해 잠을 잊고 며칠째 책에 빠져 버린 적이 있었다. 본문의 영어 공부도 쉽고 재미있었지만, 기나긴 머리말에 담긴 안현필 선생님의 건강과 삶에 대한 명쾌한 조언이 지금까지 잊혀지지 않는다.

"청소년 시절 열심히 공부하는 것은 부모님께 효도하는 것이며 자신과 가정을 살리고 국가를 일으키는 일이다. 그리고 열심히 공부하기 위해 우선 건강이 최우선이다. 매일 아침 줄넘기를 땀이 날 때까지 하고 사과 1개씩을 꼭 먹어라."

50년 전 일이라 정확한지 모르겠지만 대충 위와 같은 내용이었다. 확실히 기억나는 것은 다른 책들과는 달리 머리말이 20쪽쯤 되게 길었다는 점이다.

안 선생님을 한 번도 뵌 적은 없지만, 그 책 한 권이 청소년 시절 나의 건강과 삶에 큰 힘이 되었다. 농사밖에 모르고 살아온 우리 집안에서, 스스로 고등학교, 대학교까지 다닐 수 있었던 것도 그 책 한 권의 힘이 보탬이 되었을 것으로 지금까지도 굳게 믿고 있다.

"사람은 책을 만들고 책은 사람을 만든다."라는 말처럼 한 권의 책이 수많은 사람들의 건강을 찾게 해주기도 하고, 구제 불능의 비행 청소년이 감방에서 선생님이 보내준 책을 읽고 훌륭한 사회인으로 성장하거나, 운명을 바꾸고, 생명을 구하기도 하는 등 다양한 사례들을 우리 주변에서 흔히 볼 수 있다.

2

그 후 50여 년이 지난 최근 우연찮게 안 선생님의 또 한 권의 책을 다시 만나게 되었다. 이른바 『안현필의 삼위일체 장수법』이다.

영어 강사로 크게 성공한 선생님은 종로에 한국 제일의 학원인 EMI학원을 운영해 수백억대의 큰 부자가 된다. 비만과 고혈압, 당뇨병, 신장병 등으로 고생하다 갖은 병원 치료에 실패하자, 학원을 직원에게 맡기고 '병원이고 의사고 다 소용없다, 내 병은 내가 고친다'는 신념으로 직접 치료에 발 벗고 나서게 된다.

20년 동안 1만여 권의 책을 읽고(선생님 특유의 강조법으로, 세계적 의학 관련 서적을 두루 읽은 것으로 해석됨), 현미와 식초를 바탕으로 이른바 〈삼위일체 장수법〉을 체험적으로 창안하여 본인의 고질병도 완치하고 건강 전도사 역할을 한다.

한국일보에 '삼위일체 장수법'을 연재하여 안현필 건강 신드롬을 일으켰고, 1994년 3월 29일에는 서울 강남구 의사회와 서초구 의사회 공동 초청으로 강의까지 하기에 이르렀다. 영동세브란스 병원 강당에서 의학박사 150명을 대상으로 특강을 한 것이다. 5월 16일에는 종로구 계동에 있는 현대 그룹 본부 대강당에서 서울 중앙병원 의사 등 범 현대 직원 700여 명을 대상으로 한 특강을 했으며, 이후 사보를 통해 20만 현대 직원에게 강의 내용이 전파되기도 했다.

영어 강사가 의사들 앞에서 건강과 장수에 대한 강의를 했다니 처음 듣는 분들은 믿기 어렵겠지만, 선생님의 체계적이고 논리적이며 인생철학이 흠뻑 담긴 『삼위일체 장수법』을 읽어보면 쉽게 수긍이 될 것이다.

전술한 바와 같이 선생님의 최초 영어 참고서 머리말도 청소년과 건강에 대한 관심과 애정이 남다른 분임을 암시하고 있었다. 게

다가 스스로 중병을 체험하며 '내 병은 내가 고친다'는 신념으로 수많은 의학책을 섭렵涉獵하여 '삼위일체 장수법'을 내놓으신 것이다.

안 선생님의 건강철학은 삼위일체 영어 학습법처럼 쉽고 명쾌하다. 첫째는 자연식이고, 둘째는 공해로 찌든 몸을 제독시키는 것이며, 셋째는 운동이다.

현미와 식초 등 무공해 자연식을 바탕으로 하는 체험적 건강법은 논리적이고 설득력을 지니고 있어 건강 신드롬을 이루었으며, 실제로 많은 국민들의 건강 증진에 크게 기여하고 있는 것으로 여겨지고 있다.

특히 "건강은 자신의 노력에 달렸다"는 건강 독립정신에 대한 이야기는 필자가 20여 년 동안 체험해온 '산야초 건강법'과 일맥상통一脈相通한다는 생각이 들어 귀가 번쩍 뜨이도록 반가웠다. 70년 삶을 되돌아보며, 100세 시대를 맞아 '병원(약국) 다니지 않고 사는 법'에 대한 구상을 하고 있던 차에, 한 권의 책을 통해서 미천한 생각을 조율할 수 있어 천군만마를 얻은 듯 기뻤다.

선생님은 "병을 고치기 위해 병원에 가거나 약을 먹는 것은 타력의존他力依存 즉, 남의 힘에 의지하는 건강법이다."라고 건강독립 정신을 역설하신다.

어린아이가 넘어졌을 때 스스로 일어나도록 지켜봐야 독립심을 기를 수 있듯 공부도, 사업도, 건강도, 국가도 독립하지 못하고 타력에 의존하면 진정한 성공을 이루기 어렵다는 이야기이다. 그러나 대부분의 현대인들은 감기만 걸려도 우선 병원이나 약에 의지하려 한다. 이는 마치 나라에 적이 쳐들어왔을 때 스스로 물리치려 하지 않고 강대국에 의지하려는 사대주의 사상과 다를 바 없다할 것이다. 국가에 국방력이 있어 나라를 지킬 수 있듯, 인체에도 방어력(면역력, 자연 치유력)이 있어 모든 병을 물리치고 건강을 유지할 수 있는 것이다. 건강 독립을 위한 노력은 소홀히 하고 우선 병원과 약국을 찾는 것은, 넘어진 아기를 어른들이 도와주는 것과 무엇이 다르겠는가?

3

그러나 병원, 요양병원, 요양원 등이 우후죽순처럼 늘어나도, 환자들은 초만원이요, 증시에선 바이오 제약주가 미래 성장주로 각광을 받는다. 100세 시대를 맞아 나이가 들수록 건강을 잃고 병원으로 요양원으로 줄지어 모여들고 있기 때문이다. 국가의 복지정책과 병원이나 요양기관 등의 상업성이 맞물려 더 많은 사람들을 병원이나 요양기관 등으로 끌어모으고 있는 것이다. 이런 현상은 복지 선진국일수록 더 심해지고 있어, 우리도 머지않아 어린이들이 유치원에 다니듯 요양원이 모든 노인들의 필수 코스가 되는 것이 아닐까 걱정이 된다.

십 년, 이십 년을 병원에 누워 100세까지 사는 게 무슨 의미가 있겠는가? 온 국민이 건강독립을 이루어 병원 신세 안 지고, 99세까지 팔팔(88)하게 사는 것이 진정한 100세 시대일 것이다. 이런 생각으로 '삼위일체 장수법'을 곱씹어 읽어 본다.

선생님은 80대에도 30대 청년 같은 의욕과 재탄생한 건강으로 평소 약속한 150살을 채우지 못하고 1999년 6월 불의의 교통사고 후유증으로 아쉽게 타계하신다.

나는 고인을 한 번도 뵌 적이 없지만 두 권의 책을 통해서 고인의 열정적 삶과 실증적 자연주의 건강법에 흠뻑 빠져들게 되었다. 이미 20년 전 고서가 되었지만 구관이 명관이라 했듯, 100세 시대를 맞아 건강을 생각하는 많은 사람들이 '삼위일체 장수법'으로 건강 독립을 이룰 수 있을 것으로 믿어 의심치 않는다.

책이 사람을 살린다

책 이야기 ②

/

1

한 개인의 독서량은 자신의 인격과 능력에 지대한 영향력을 발휘한다. 한 수레의 책을 읽은 사람과 열 수레의 책을 읽은 사람이 똑같을 수는 없을 것이다.

김대중 전 대통령은 오랜 투옥생활 중 많은 책을 읽어, 뒷날 대통령으로서 학력에 관계없이 다양한 분야의 전문가 못지않은 식견識見을 보였고, 노무현 전 대통령도 그러했다. 만약 두 분이 책을 멀리했더라면 어떻게 되었을까? 아무나 할 수 없는 그 험난한 국가 원수 자리를 무사히 돌파할 수 있었을까 하는 강한 의구심이 든다. 국민이 아니라 책이 두 대통령을 만든 것이다. 국민들은 단지 책을 통해 이룬 대통령으로서의 인격과 능력을 선택했을 뿐이다.

우리나라 성인의 한 달 평균 독서율은 1.3권으로, 프랑스(5.9권), 일본(6.1권), 미국(6.6권) 등 선진국에 비해 크게 낮은 것으로 알려져 있다. 청소년들의 독서율은 교육정책 등의 노력으로 선진국과 대등하다고 하니 다행스런 일이나, 선진국의 문턱에 선 우리의 입장에서 책에 대한 새로운 인식이 필요할 때라는 생각이 든다.

우리의 독서율이 낮은 원인은 세계적으로도 유래를 찾아보기 힘들 정도의 빠른 산업화, 도시화, 고속성장 등으로 한가하게 책 읽을 여유가 없었던 것으로 여겨진다. 책 읽을 시간이 없어서가 아니라, 책 읽을 정신적 여유가 없었던 것이다.

필자도 바로 그랬던 듯 싶다. 중1때『15소년 표류기』를 읽고 가슴이 뛰었고, 국내외 각종 전기집과『삼국지』를 시작으로 꿈 많은 학창시절엔『도스토에프스키』,『카뮈』,『톨스토이』,『셰익스피어』,『괴테』등 책 속의 세계에 빠져들었다. 나도 언젠가는 멋진 주인공이고 싶었고, 그를 창조하는 작가가 되는 꿈을 꾸기도 했었다. 매년 유력 일간지 신춘문예 당선작을 모아 읽고 문을 두드려 보기도 했다. 그러나 졸업 후 직장생활에 몰두하고 결혼과 육아 등으로 본의 아니게 책을 잊고 살아온 것이다.

인생 후반기인 50대가 되어, 조기 퇴직하고 처음 만난 게 황대권 님의 『야생초 편지』였다. 나는 시골에서 태어났고, 어린 시절 쑥, 냉이, 달래 등을 별생각 없이 먹고 자라왔다. 대부분의 현대인들이 그렇듯 성인이 되고 도시 생활에 빠져들면서 무, 배추 등 상품화된 과채류에 익숙해져, 야생초 따위엔 관심조차 없었다. 그러나 절박한 옥중 생활에서 야생초처럼 강인하고 지혜로운 생명력으로 가득 찬 이야기 속에 빠져들면서 야생초에 대한 관심을 갖게 되었다. 쓸모없는 잡초로만 알고 있던 민들레, 씀바귀, 고들빼기, 엉겅퀴, 쇠비름, 달맞이꽃, 명아주, 질경이, 돌나물 등이 사람들의 고질병을 고치고, 생명을 구할 수도 있다는 사실은 하나의 충격으로 다가왔다. 그동안 부질없는 욕심으로 이리 뛰고 저리 뛰고 앞만 보고 달리다 보니, 먹거리에 신경 쓸 여유도 없이 살아온 것이다. 따라서 위장, 간장, 비염, 각종 관절염 등으로 시달리던 차에 '야생초 편지'를 만나 새로운 꿈을 가지게 되었다.

우리 산과 들에 자생하는 수천 여종의 토종 산야초들이 시장에 산더미처럼 쌓여 있는 상품화된 과채류보다 몇 곱절 더 우수한 먹거리라는 사실을 난생처음 깨닫는 순간부터 삶의 방향이 바뀌었다. 자연을 이해하고 자연에 순응하고 자연에 가까이 다가서는 생활을 통해 몸과 마음이 건강해지고 활기차고 충만한 인생 후반기를 맞이할 수 있게 되었다.

100세 시대를 맞아 인생 후반기를 고민하고 있는 분들이라면 가능한 병원에 다니지 마시고, 무료 종합병원인 자연(우리 산과 들)에 가까이 다가서는 게 어떨까? "자연에 가까이 가면 병에서 멀어지고 자연에 멀어지면 병에 가까워진다."는 말처럼 그곳에는 부작용도 없고 내성도 없는 수백, 수천 가지 천연 보약들이 기다리고 있고, 피톤치드 풍부한 맑은 공기와 물소리, 새소리, 바람소리, 풀벌레 소리가 지친 현대인들의 몸과 마음을 달래준다. 물론 수술을 요하는 중병이나 시급할 경우 병원에 가야 되겠지만, 대부분의 사소한 질환은 '숲속 무료 종합병원'에서 본인의 자연 치유력으로 해결되기 마련이다. 심지어 말기 암으로 사형선고를 받은 환자도 자연의 품에 안겨 회생하는 경우가 수없이 많이 일어나고 있다. 그것이 바로 건강 독립이고 자연의 섭리일 것이다.

단 한 권의 책 '야생초 편지'를 통해 산야초에 처음 눈을 뜨게 되었고, 우리나라 실증적 자연주의 대가 최성현 님의 감동적인 이야기들을 접할 수 있게 되었으며, 이어서 후쿠오카 마사 노부의 『자연농법』을 통해 후반기 삶의 희망과 축복의 길을 찾을 수 있게 되었다. 내가 구상하고 있는 자연농은 땅, 돈, 비료, 농약 모두 필요없다. 삼천리금수강산 방방곡곡에 수백 수천의 산야초들이 스스로 자라고 있는데, 더 이상 무엇이 필요하겠는가? 초여름부터 늦가을까지 쑥 씨, 냉이 씨, 달래 씨, 머위 씨, 씀바귀 씨, 참나물 씨, 질경이 씨, 개똥쑥 씨 등을 비닐봉지에 가득 모아, 냇가나 길가, 공원이나 야산에 뿌려 주면 끝이다. 녀석들은 생명력과 번식력이 강해서 한번 뿌려주면 매년 스스로 번식해서 수백 수천 배로 돌아온다.

끝도 경계도 없이 드넓은 자연 농장에 각종 산야초 시집보내기(씨 뿌리기) 운동을 하며 뿌듯한 보람과 행복감을 느낀다. 매년 봄마다 채취하는 것도 기쁨이고, 다른 사람들이 즐겁게 채취해 가는 것도 큰 보람으로 다가온다.

50평생 산야초를 모르고 살았던 필자가, 산야초에 눈을 뜨게 되면서, 건강과 꿈을 찾고 활기찬 인생 후반기를 맞이하게 된 것은 오직 몇 권의 책 때문이라고 굳게 믿고 있다. 책이 나를 살린 것이다.

책이 사람을 만든다

책 이야기 ③

/

1

책 이야기를 하면서 서진이(가명) 얘기를 빼놓을 수는 없다는 생각이 든다. 요즈음은 유치원 입학 전부터 한글을 터득하는 사례가 많은데, 서진이도 유난히 한글을 일찍 깨우쳤던 것으로 기억된다. 말을 배우자마자 엄마가 만들어준 낱말 카드를 또박또박 읽는 모습을 보고, 주변 어른들의 칭찬이 자자했다. 어른들의 칭찬에 고무되어 글 읽기에 더욱 신바람을 내더니, 초등학교에 들어가서는 '책벌레'라는 별명이 붙을 만큼 책 읽기를 좋아했다.

초등학교 저학년 시절, 친척들 모임에 여러 명의 또래 아이들이 이 방 저 방 뛰어다니며 노는데, 유독 서진이만 보이지 않아 걱정들을 하고 있었다. 그런데 나중에 피아노 의자 밑에 쪼그리고 앉아 동화책을 읽고 있는 모습이 발견되었다.

여러 친척 어른들께서 입을 모아 서진이의 독서열에 감탄과 칭찬을 아끼지 않았다. 칭찬이 고래도 춤추게 하듯 그 후 서진이의 독서열은 더욱 날개를 달았다. 마침 엄마가 도서실 담당 선생님이어서, 방과 후에는 도서실에서 책을 읽고 집에서는 도서실에서 대여해서 읽었다. 부모님의 권유나 책을 읽어야겠다는 사명감으로 책을 읽는 게 아니라 언제 어디서 든지 스스로 책에 빠져들었다. 따라서 부모나 선생님의 입장에서 학업성적이나 생활지도에 특별히 신경을 쓰지 않아도 스스로 알아서 적응해 나갔다. 유치원과 초등학교 때 피아노 학원에 다녔을 뿐 보습학원이나 사교육을 받을 필요도 받은 적도 없었다.

특히 고등학생이 되어 수능시험 대비를 위해 대부분 친구들이 학원이나 사교육에 여념이 없을 때에도, 서진이는 학원이나 사교육을 마다하고, 학교 앞 독서실에서 1년여 동안 자학자습으로 서울의 일류대학에 합격하여 주변을 놀라게 하였다. 부모로서 할 수 있는 일은 밤 12시에 독서실에서 차에 태워오고, 아침 일찍 등교시켜 주는 정도였다.

2

대학 시절 해외 어학연수를 다녀온 친구들에 비해 영어 소통이 안된다고 걱정하여, 모처럼 해외 어학연수를 보내기로 결정했다. 그러나 며칠 후 해외 어학연수를 안 가겠다는 전화가 왔다. 생각해 보니 많은 돈과 시간을 낭비하는 것 같아 다른 방법을 고려 중이라는 것이다. 전화를 통해서 하는 원어민 교사와 1:1맞춤식 영어회화 공부였다. 부모 입장에서는 아직 어린애 같아 홀로 해외에 보내는 것이 내심 망설여지던 차에, 스스로 더 실속있는 방법을 찾아냈으니, 고맙고 대견스런 일이었다. 그리하여 복잡한 절차는 물론이고 많은 시간과 돈을 절약하고, 원어민 교사와의 전화를 통해 소기의 성과를 거둘 수 있었다.

따라서 졸업과 동시에 대기업의 회장 비서로 발탁되었고, 1년 뒤 4,000명이 참석하는 H그룹 창립총회에 영어 MC로 활약한 비디오테이프를 보내오기도 했다.

3

급변하는 정보화 시대를 맞아 자녀 교육이 더욱 힘들어지고 있다. 겉잡을 수 없이 쏟아지는 정보의 홍수와 가치관의 혼돈 속에, 많은 부모님들이 소중한 내 자식을 어떻게 키워야 할지 혼란스러워 하고 있는 것이다.

가정 교육은 위기이고, 학교 교육은 죽었다고 말하기도 한다. 그리고 지나친 사교육 열풍이 사회적 갈등과 청소년들의 고통을 가중시키고 있다. 지금 그들을 위해 우리가 할 수 있는 일은 무엇일까? 많은 돈을 들여 사교육에 매달리는 것이 최선일까? 자녀교육에 대한 깊은 고민과 성찰이 필요하다는 생각이 든다.

따라서 자식 자랑하면 팔불출이라는데, 애써 자랑을 늘어놓는 것은, 서진이가 그 흔한 사교육의 도움 없이 그 어려운 대학입시와

취업 문제를 스스로 돌파해낸 것은 오직 많은 책(독서량) 때문이라고 주장하고 싶어서이다. 대입이나 취업문제도 오직 자신의 노력과 힘으로 해결하려는 자력갱생의 정신을 책을 통해 깨달을 수 있었을 것이다. 책 속에 길이 있고, 책 속에 수천 수만의 선생님이 들어 있다. 부모님이나 선생님이 설명해 줄 수 없는 무궁무진한 지식과 지혜들이 책 속에 묻혀 있기 때문일 것이다.

책과 가까이하는 것은, 수많은 세계 최고의 선생님들을 두루 만나 볼 수 있는 최선의 교육이라 하겠다. 특히 말을 배우자마자 글과 책으로 연결해서 어려서부터 책을 가까이하는 습관을 기르는 게 중요하다는 생각이 든다.

|자녀에게 주는 글 |
_마음을 다스리는 글

1. 세상은 꿈꾸는 자의 것이다.

2. 재물이 없는 자가 거지가 아니고 꿈이 없는 자가 거지이다.

3. 모든 고통과 역경은 꿈(희망)에 의해 극복된다.

4. 승리는 가장 끈기 있는 자의 몫이다.

5. 참된 휴식은 노는 게 아니라 좋아하는 일에 몰두하는 것이다.

6. 부모를 공경할 줄 모르는 자와는 친구를 삼지 마라.

7. 백 명의 스승보다 아버지의 가르침이 낫다.

8. 두 번 듣고 열 번 생각하고 한 번 말하라.

9. 현명한 자는 적에게 배운다.

10. 어차피 피하지 못할 고난이라면 그것을 즐겨라.

11. 소인은 혀를 앞세우고 군자는 행실을 앞세운다.

12. 칭찬의 말 한마디가 일생의 운명을 바꾼다.

13. 칭찬은 고래도 춤추게 한다.

14. 교만은 패망의 선봉이고 겸손은 최고의 미덕이다.

15. 인생 60을 살아도 겸손치 못하면 실패한 인생이다.

16. 인류 최고의 스승은 자연이다.

17. 자연에서 멀어지면 병에 가까워지고, 자연에 가까워지면 병에서 멀어
    진다.

18. 모든 화는 욕심에서 나오고, 근심과 걱정도 욕심에서 비롯된다.

19. 마음이 없으면 들어도 안 들리고 보아도 안 보이고 먹어도 맛이 없다.

20. 남이 나를 알아주지 않는다고 걱정하지 말고 내가 진짜 실력이 있는가
    를 항상 걱정하라.

21. 지는 것이 이기는 것이다.

23. 사람은 책을 만들고 책은 사람을 만든다.

22. 방에 책이 없으면 몸에 정신이 없는 것과 같다.

24. 바보는 화를 낼 줄 모르고 현자는 좀처럼 화를 내지 않는다.

25. 공부를 잘하는 사람보다 열심히 하는 사람이, 열심히 하는 사람보다 공부를 즐기는 사람이 승리한다.

26. 용장勇將보다는 지장智將, 지장보다는 덕장德將이 되라.

27. 게으른 농부는 잡초가 나도 뽑지 않고 보통 농부는 잡초가 나면 뽑는다, 그러나 부지런한 농부는 잡초가 나기 전에 뽑는다.

28. 약자弱者는 언론을 두려워하고 우자愚者는 언론을 무시한다, 그러나 현자賢者는 언론을 지배한다.

29. 어제 맨 끈은 오늘 느슨해지고 내일은 풀어지기 쉽다. 나날이 끈을 여미듯 각오를 새롭게 하라.

30. 복福은 검소함에서 생기고, 덕德은 겸양에서 생기며, 지혜知慧는 고요히 생각하는 데서 생기고, 근심은 애욕에서 생기고, 재앙災殃은 물욕에서 생기며, 허물은 경망에서 생기고, 죄罪는 참지 못하는 데서 생긴다.

31. 눈을 조심하여 남의 그릇됨을 보지 말고 아름다움을 볼 것이며, 입을 조심하여 실없는 말을 하지 말고, 항상 옳은 말을 할 것이며, 몸을 조심하여 나쁜 친구를 사귀지 말고 어질고 착한 아이를 가까이하라.

32. 어른을 공경하고 덕 있는 이를 받들며 지혜로운 이를 따르고 모르는 이를 너그럽게 용서하라. 남을 해하면 마침내 그것이 자기에게 돌아오고 세력에 의지하면 도리어 화가 따르느니라.

【 3부 】

일류정치를 위하여

/

발목 잡기

/

1

천당과 지옥은 똑같이 열길 낭떠러지 밑의 거대한 동굴이었다. 천당 쪽 동굴에서는 인간 피라미드를 만들어 먼저 들어온 순서대로 질서 있게 탈출시켜 천국에 오르게 하는 반면, 지옥 쪽 동굴은 서로 먼저 탈출하려고 뛰고 싸우고, 벽을 기어오르다 떨어지고 난장판이 된다. 더욱이 어떤 사람이 높이 오르면 그의 발목을 잡고 따라 오르려다 같이 떨어지는 현상이 반복되어 영원히 한 사람도 탈출하지 못하고 그야말로 영원한 생지옥이 된다고 한다.

요즘 우리 국민들의 정치에 대한 불신이 극에 달한 느낌이다. 국가와 국민을 위한 정치는 실종되고, 오직 당파, 계파 싸움에 여념이 없다. 끝없는 정치 싸움에 온 국민이 지겹고 짜증 날 지경이다.

청소년들이 볼까 걱정되고, 본받을까 두렵다고들 한다. 실제 여론조사에서도 국민의 85% 이상이 국회를 불신하고 있는 것으로 전해지고 있다. 그리고 그 정치 불신의 가장 큰 원인이 바로 발목 잡는 정치라는 생각이 든다. 어떤 정권이 들어서든 야당은 항상 어김없이 "무조건 반대", "결사반대", "장외투쟁" 등 반대를 위한 반대를 반복한다. 집권 정권이 잘 돌아가 지지율이 오르는 것을 두려워하는 것이 아닐까? 심지어 나라 경제가 결딴나야 야당에 유리하다고 생각되어 매사에 발목 잡기를 하는 것은 아닐까 하는 의구심마저 들기도 한다.

과거 일제나 군사 독재에 반대하는 애국 정치인들은 국민적 영웅으로 칭송되었지만, 오늘날 야당들의 새 정권 발목 잡기식이나 흠집내기식 반대는 국정의 효율성을 떨어뜨리고 다수 국민들을 실망시키고 있다.

역대 정권의 모든 야당들이 새 정권 초기 총리 등 공무원 인사청문회부터 혹독한 발목 잡기를 통해 원활한 국정의 출발과 운영을 훼방해 왔다. 국민의 지지를 받고 탄생한 새 정권은 그에 상당한 재량권을 가지고 선거 공약 실천 등의 국정 운영을 주도할 책임과 의무를 가지고 있다. 그러나 대선에 패한 야당들은 예외없이 화풀이하듯 새 정권의 순탄한 출범을 훼방해 왔다. 입으로는 국민을 위한 반대라고 주장하지만 실은 새 정권에 흠집을 내서 반사이익을 얻으려는 야당들의 발목 잡기였음이 역사적 사실로 드러나고 있다.

16대 대선에서 노무현 후보는 국토 균형 발전을 위해 각종 공기업 본사와 수도 이전을 공약으로 내세워 국민의 지지를 받고 새 정권을 탄생시켰다. 그러나 다수야당의 힘을 무기로 새 정권 초기부터 "대통령 못해 먹겠다."라는 말이 나올 만큼 사사건건 대통령의 발목을 잡고 흔들어 댔다.

대선공약인 수도이전을 헌재까지 동원해 원천봉쇄했고, 아예 대통령을 끌어내리려는 이른바 '탄핵정국'으로 결국 장기간 국정을 혼란시켜 소모적 정쟁으로 정치 불신만 가중시켰다.

특히 대선 공약인 수도 이전이 봉쇄되자 '행정수도 이전'이라는 역사적 졸속 절충안을 탄생시켰다. 이는 국가의 백년대계나 행정 효율성 따위는 안중에도 없고 오직 당리당략에 의한 졸속 절충안으로, 국민들의 뜻에도 반하고, 국가의 미래에 두고두고 짐이 될 것으로 우려된다. 장사꾼은 돈만 되면 무슨 짓이라도 하고 정치인은 표만 된다면 무슨 짓이라도 한다지만, 세계 어느 나라도 정치 싸움으로 수도를 분할하는 나라는 없었다.

솔로몬의 재판에서 아기의 친어머니는 오직 아기를 살리기 위해 재판을 포기했다. 우리 정치판에도 진정한 애국자가 있었다면 어떤 식으로든 최소한 수도 분할分割은 막았어야 했다. 수도 분할의 당위성은 전무全無한데, 오직 표만 좇는 패권覇權 정치가 반쪽 수도를 탄생시키고 말았다. 딴엔 최선이라고 선택한 이른바 행정수도 수정안은 국가의 미래보다는 표만 된다면 무슨 짓이든지 하는 정치싸움이 낳은 사생아였다.

따라서 노무현 정권의 선거 공약대로 수도를 100% 세종시로 옮기는 원안과 아니면 이명박 정권의 세종시를 경제. 교육. 과학 도시로 육성하는 수정안 중 하나를 택했어야 옳았다.

분단국가에서 수도 분단으로 야기되는 국민 불편이나 국력 낭비 등에 대한 역사적 책임에 대하여 당시 위정자들 모두 자유롭지 못할 것이라는 생각이 든다.

3

한미 FTA는 자원 빈국인 우리나라가 미국에서 배워온 산업 기술로 만든 자동차나 전자 제품 등 공산품을 미국에 역수출하고, 미국의 농산품을 수입하는 입장에서 필연의 선택이었고 지난 정권에서도 거의 타결 단계까지 진척된 상황이었다.

그러나 이명박 정권 초기에 한미 FTA를 반대하여 "광우병으로 국민을 다 죽인다"라는 구호와 촛불을 손에 들고 대통령을 끌어내리려고 발목을 잡고 수개월을 매달려 국정을 마비시키고 사회를 혼란시켰을 뿐 얻은 게 무엇이란 말인가? 시간 낭비, 국력 낭비 등 그 피해는 결국 국민에게 고스란히 돌아갈 뿐이었다. 수년이 지난 뒤 광우병 괴담이 실체 없는 음모였음이 점차 밝혀지면서, 모든 게 반대를 위한 반대, 새 정권 발목 잡기였음이 확인되고 있는 것이다.

박근혜 정권 때도 어김없이 "발목 잡기"는 이어졌다. 세월호 사건의 국민적 충격과 크나큰 슬픔을 무기 삼아 집권 정권과 대통령에게 흠집을 내려는 온갖 저속한 유언비어와 음모가 난무했다. 세월호 사건은 유병헌과 해당 공직자들과의 수십 년 누적된 비리가(적체積滯) 근원이고, 선장과 실무 선원들의 미숙한 대응 때문이었다. 세월호 사건을 정권 투쟁의 도구로 삼는 것은 광우병 투쟁처럼 실체 없는 음모임을 많은 국민들이 지켜보고 있다.

4

최근(요즈음) 국회에선 선진화법을 무기 삼아 입법 싸움이 점입가경이다. 여야가 서로 시급한 민생법 등을 볼모로 자기 당에 유리한 법을 통과시키려는 야심에 눈이 멀어, 민생이나 국민의 마음은 안중에도 없는 것 같다. 끝도 없이 반복되는 정치 싸움에 국민들은 지겹고 짜증스러울 지경이다.

19대 국회가 사상 최악의 식물국회, 무능국회라는 이야기가 실감이 난다.

"여야는 언제든지 바뀔 수 있다. 수권 당과 정부가 정책을 원활하고 성공적으로 수행해야 국민과 국가가 발전할 수 있는 건 명약관화明若觀火한 일이다.

그럼에도 불구하고 야당(새누리당 혹은 새정치연합)은 항상 입으로는 패배를 인정하고 승복한다 해놓고 정부와 여당을 투쟁의 대상으로 여긴다.

"발목 잡기"라는 우리 정치의 고질병을 치료하기 위해서는 우선 그 원인부터 따져 봐야 할 것 같다.

전술한 3대 발목 잡기, 즉 첫째 노무현 정권의 탄핵정국 발목 잡기, 둘째 이명박 정권의 FTA 반대 발목 잡기, 셋째 박근혜 정권의 세월호 참사 발목 잡기 등에서 공통점을 발견할 수 있다.

세 사건 모두 대선에 패배하고 입으로는 결과에 승복한다고 선언해 놓고 그 내심內心이나 행동은 전혀 승복하지 않는다는 사실이다.

당선자와 낙선자의 득표차가 미미한데(10% 내외) 이른바 "1등만 아는 ○○○세상"이 원망스러운 것이다. 올림픽에서 2등 하면 은메달이라도 따는데 대선에서 2위 하면 죄인 취급을 받아 줄줄이 연대 책임까지 져야 한다. 뭔가 잘못되어 있는 건 아닐까? 사람을 탓하지 말고 그 일(사건)을 탓하라는 말이 있다.

5

유난히 사고가 많은 도로가 있다면 운전자를 탓하기 전에 그 도로부터 고쳐야 한다. 발목잡기를 한 사람을 탓하기 전에 대선 제도에 문제가 있는 건 아닐까? 야당의 입장에서 생각해 보면 민주주의 선거제도에 치명적 문제점이 있음을 알 수 있다.

근소한 차이로 집권에 실패한 야당의 입장에서 상실감이나 분노

등도 문제지만 다수 국민의 표가 사표死票가 된다는 점이다. 국회의원은 낙선되어도 그 표가 비례 대표로 부활되지만 더 중대한 대선에서 단 몇 표 차이로 낙선해도 모두 사표가 된다.

과거에도 그랬듯이 앞으로도 대선 구도는 양당 대립으로 귀결되기 마련이고 갈수록 치열한 득표 전쟁으로 표차가 미미해질 공산이 클 것으로 예측된다. 따라서 양당의 미미한 득표 차이에 의한 정권 교체는 많은 사표를 만들어 "발목 잡기 정치", "국론 분열" 등 정치 불안의 불씨가 될 게 자명하다 하겠다.

51%를 얻은 여당에게는 정권을 통째로 주어 보상하고, 49%를 얻은 야당에게는 보상은커녕 오히려 징벌만 준다면 쉽게 승복할 수 있겠는가?

공정하지도 못하고 합리적이지도 않다. 따라서 입으로는 승복한다 해놓고, 행동으로는 "발목 잡기"에 올인하는 것이다. 이른바 "1등만 알아주는 ○○○세상"을 탓하는 것이다.

따라서 고정 관념일랑 와장창 깨고, 2등에게도 득표에 상당하는 임기를 주는 것이 타당하다는 생각이 든다. 그렇게 되면 "2등도 패자가 아닌 2% 부족한 차기 집권자가 되어 여야 모두가 승리하는 윈윈 정치, 상생의 정치를 이룰 수 있지 않을까" 하는 생각으로 〈득표 비례 10년 분할 대통령 임기제〉를 구상해 보고자 한다.

/

막말

/

1

막말의 사전적 의미는 "나오는 대로 함부로 말하거나 속되게 말함"으로 되어 있다. 어떤 사람이 어떠한 경우에 막말을 하게 될까? 남을 심히 미워하거나 어떤 일에 매우 화가 나 있거나 자신이 곤경에 처해 있을 때 인격적 수양이 부족하여 참지 못하고 언어폭력을 행사하는 것으로 여겨진다.

'막말' 하면 떠오르는 게 북한의 언론 매체들이다. 항상 격앙된 어조로 "불바다, 피바다, 미친개, 쓸어 버리겠다, 뭉개 버리겠다" 등 섬뜩한 막말을 퍼부어댄다. 미국을 상대로 무자비한 핵전쟁을 각오하라고 외쳐댄다. 한 국가로서의 체면이나 품위 따위는 전무하고 막가파들이나 쓸 법한, 글로 쓰거나 입에 담기조차 어려운 막말

을 토해댄다. 오바마를 빵 부스러기나 주워 먹는 잡종 원숭이에
비유하기도 했다.

얼마 전 오바마 대통령이 기자회견에서 북한 정권이 곧 붕괴될
것이라고 해서 많은 사람들이 의아해 했었다. 3대 세습정권이 붕괴
된다는 확실한 정보라도 있다는 말인가? 인터넷, 스마트폰, 한국상
품과 한류열풍 등으로 북한 사회가 급속히 개화되고 있어 희망적
이긴 하나, 아직은 시간이 더 필요해 보인다.

오바마의 북한 붕괴 발언은 북한의 원색적 막말에 대한 대응 차
원에서 불편한 심기를 나타낸 것으로 여겨진다. 북한의 유치하고
원색적인 막말에 비해, 오바마의 북한붕괴 발언은 세련된 막말이
라는 생각이 든다. 3대 세습정권의 아픈 급소를 찌른 것이다. 치밀
하게 계산된 짧은 한마디가 강력한 파급력을 보여주고 있다. 정권
붕괴를 노리는 자들과는 상종도 하지 않겠다며 전투기, 미사일, 잠
수함 훈련을 김정은이 직접 지휘하는 등 초강수를 들고 나온다.

북한의 막말은 3대 세습정권의 정체성 유지를 위해서라도 국제
적 고립 속에서 일당독재로 국민들을 통제하기 위해 더욱 강력한
막말로 표출되고 있는 것으로 여겨진다. 가난과 굶주림 등의 사회
적 정서가 막말로 표출되고 있는 것으로도 생각된다. 우리 주변을
둘러 봐도 범죄집단이나 조직 폭력배 등 학력이나 생활 수준이 낮
을수록 막말을 많이 하듯 국가도 같은 맥락이라는 생각이 든다.

"말이 씨가 된다"는 말이 있듯이 장성택 등 정치범에 대한 무자
비한 처형·숙청이나, 대남 무력 도발 등, 자신들의 폭력성을 막말로

대변하는 것으로 판단된다. 북한 사회가 좀 더 개화되고 성숙해지면 이런 야만적 언어폭력도 사라지지 않을까?

2

국내에선 정치인들의 막말이 자주 도마에 오른다. 정치인들의 막말은 다분히 이해관계를 계산한 의도적인 경우가 많은 것 같다. 그러나 상호 득실에 관계없이, 지나친 막말은 자라나는 청소년들에게 비교육적일 뿐만 아니라 국가와 국민의 격을 떨어뜨리는 암적 존재라고 생각된다. 특히 대다수 국민이 뽑은 국가원수에 대한 원색적 막말은 대다수 국민들의 마음을 불편하게 하고 있다. 국민을 대표하는 국회의원이라는 사람이 '○○○ 방 빼' 등등 유치원생보다 더 유치하고 원색적인 말장난으로 국가 원수를 조롱하고, 대한민국의 건국 대통령 묘소 참배를, 야스쿠니 신사참배에 비유하는 등 역사적으로나 인격적으로나 부적절한 극단적 막말이 이어지고 있다. 표현의 자유가 난무하는 민주국가에서 다양한 소리로 시끄러울 수도 있다 하겠지만, 미국이나 유럽 등 선진 민주국가에서도 국가 원수에 대한 최소한의 예의는 존중되고 있는 것으로 들었다. 가족들이 가장한테 막말하고 직원들이 사장한테 막말을 서슴지 않는다면, 그 가정 그 회사가 번창할 수 있겠는가? 가족이나 청소년들이 듣고 있고 온 국민이 지켜보고 있음을 명심했으면 싶다. 정권은 언제든지 바뀔 수 있다. 어느 당이 정권을 잡든 국민이 뽑은 국가 원수에 원색적 막말을 하는 것은 국민 무서운 줄 모르고 제 얼굴에 침 뱉는 것임을 명심했으면 한다.

더욱이 정치적 의도의 막말은 노이즈 마케팅을 노리는 등 뚜렷한 범죄 행위로 판단되지만, 시끄러운 법적 대응에 앞서 성숙한 시민 의식으로 단죄함이 바람직하다고 판단된다.

심지어 인천 아시안 게임에 방문한 북한 사절단에게 남한을 북이 원하는 대로 변화시키지 못해 죄송하다, 박근혜 좋아하는 사람 아무도 없다고 외쳐대는 지경까지 왔다. 박근혜 대통령을 지지한 53%의 국민은 보이지 않고 3대 세습정권에 충성하는 자들을 우리 국민이라 할 수 있겠는가? 이미 많은 국민들이 걱정하고 분노하고 있어 공감대가 이루어지고 있는 것으로 판단된다. 여야를 떠나 국격과 국민 정서 차원에서 엄단함이 마땅하다고 생각된다.

3

한편 얼마 전 한 젊은 국회의원 K씨가 부모님뻘 되는 국가 기관장을 상대로 국정감사에 임하는 장면을 TV를 통해 본 적이 있었다. 국회의원이 국민을 대신해서, 국민의 권익을 위해서, 국정의 잘잘못을 따진다면 나이가 무슨 문제이랴만 피검자의 인격을 모독할 만큼 막말 수준의 고압적 태도가 국민들의 눈살을 찌푸리게 했다. 논리적으로 따지기보다, "창피하지도 않느냐?" "자리에 연연하고 싶으냐?" 등 인격적 공격과 죄인을 심문하듯 큰소리로 기선 잡는 모습이 국정 감사가 아닌 개인적 감정을 표출하는 것 같아 충격적이었다. 빈 깡통이 시끄럽고 빈 수레가 요란하다 했듯 호통 국감은 정치 불신은 물론 국회의원의 자질을 의심할 만큼 논란이 되고 있다. 그 항아리에 그 술이라더니, 그 후 세월호 유가족과 술 마시고 대리운전 기사에게 국회의원을 몰라본다고 갑질을 해 국민적 지탄을 받았다.

국회의원은 갑 중의 갑, 슈퍼 갑이라 불릴 만큼 막강한 권력을 부여받고 있다. 그 무게만큼 공정하고 신중한 언행으로 국정에 임해야 마땅하다 하겠다. 벼가 익을수록 고개를 숙이듯, 아래를 살피고 겸손해야 국민의 지지를 받을 수 있을 것이다. 국회의원의 수준이 국민의 수준보다 최소한 같거나 높아야 국민의 대표라 할 수 있을 것이다.

부모님뻘 되는 피검자를 죄인 다루듯 하는 태도를 문제 삼는 건 바로 이 때문이다. 물론 대부분 국회의원들이 훌륭한 인격과 의정 활동으로 국민의 지지와 존경을 받고 있는 줄 알고 있으나, 연이은 막말 파동이 정치불신만 가중시킬 뿐임을 여야는 물론 국민 모두가 인지해야 될 것으로 보인다. 아무튼 이후 여당 대표가 직접 나서서 호통 국감을 없애겠다니 두고 볼 일이다.

막말이 아닌 듯 막말보다 더 죄질이 나쁜 막말이, 지식인 임을 내세워서 대중을 대상으로 진실을 호도하는 언동이 아닐까 생각된다. 이 시대 최고의 지식인임을 자처하는 K씨는 천안함 사건에 대한 당국의 발표를 0.01%도 믿을 수 없다는 얘기를 해 국민들을 혼란스럽게 했고, 소설가 L씨도 비슷한 얘기로 국민들의 지탄을 받았다.

두 분의 말이 사실이라면 정권의 사활을 걸고 무한 책임을 져야 할 것이고, 사실이 아닌 무고라면 두 분은 국민 앞에 공개 사과하고, 공인으로서 합당한 모든 책임을 져야 할 것이다.

최근 재미교포 아줌마 S씨는 북한에 대한 어설픈 지식으로 국민들을 호도하려다 오히려 국민들의 매서운 질타를 받았다. 3대 세습 독재 정권이 국민들의 인권 등 기본권을 억압하고, 극도의 식량난에 허덕이고 있는 건 UN 등 온 세상이 다 인정하는 사실이다. 그런 북한 어린이들이 우리와 똑같이 잘 먹고 자유롭게 살고 있다고 여우의 탈을 쓰고 속삭인다, 그렇다면 그런 북한 어린이에게 의료품과 구호품을 보낸 구호 단체나 정부는 바보라는 얘기가 된다.

장님이 코끼리 다리를 만져보고 코끼리가 마치 큰 기둥같이 생겼다고 떠들어대는 꼴이다. 사슴을 보고 말이라고 우기고, 고양이를 호랑이라고 주장하는 짝퉁 지식인들이 목소리를 높이고 있다. 선비는 모름지기 시사명視思明 청사총聽思聰 언사충言思忠 하며 "여덟

번 듣고, 아홉 번 생각하고, 한 번 말하라." 하였다. 특히 지식인, 공인이라면 더욱 사려 깊은 언동言動이 필요하다는 생각이 든다.

이해인의 〈말을 위한 기도〉를 되새겨 본다.(중간 일부 생략)

주여! 내가 지닌 언어의 나무에도
멀고 가까운 이웃들이 주고 간
멀고 가까운 이웃들이 주고 간
크고 작은 말의 열매들이
주렁주렁 달려 있습니다.

헤프지 않으며 풍부하고
경박하지 않으면서 유쾌하고
과장되지 않으면서 품위 있는
한마디의 말을 위해
때로는 진통을 겪는
아픔의 순간을
이겨내게 하소서.

참으로 아름다운
언어의 집을 짓기 위해
언제나 기도하는 마음으로
언제나 때에 맞고
언제나 책임있는 말을
갈고 닦게 하소서.

/

일류민족, 4류정치

/

1

2014년 인천 아시안 게임에서 대한민국이 금메달 79개로, 45개
국 중 2위를 차지했다. 1위는 금메달 151개의 중국, 3위는 금메달
47개의 일본이 했고, 4위는 금메달 10개를 딴 북한이 차지했다. 지
금 진행되고 있는 리오 올림픽에서도 좋은 성적이 기대된다.

국토 면적이나 인구 등을 고려해 볼 때 우리가 일본을 제치고 2
위에 오른 것은 선전한 것으로 여겨진다. 우리는 3국 중 가장 작은
나라인데다, 한반도를 남북으로 갈린 상태임을 감안하면 더욱 그
러하다. 그럼에도 불구하고 크게 환호하거나 매스컴에 대서특필되
지 않는 것은, 그동안 우리가 올림픽이나 월드컵 등에서 더 큰 실
적을 거둔 적이 많아 무심해진 때문이 아닐까 생각된다.

2

한·중·일은 스포츠뿐만 아니라 경제 사회 문화 등 모든 분야에서 아시아의 주도국이다. 아시아를 넘어 세계의 주도국으로 발돋움하고 있다. 따라서 여러 가지 조건에서 불리한 처지에 있는 우리가 스포츠에서 일본을 넘어섰다는 사실은 쾌거이고 역사적으로도 의미있는 일로 여겨진다.

구소련이나 유럽 선수들의 독무대였던 피겨 스케이팅에서, 한국의 김연아 선수가 일본의 선수를 누르고 세계를 제패하는 멋진 모습은 국민 모두의 가슴에 지워지지 않고 남아 있다.

김연아 선수가 신체적 유연성과 아름다움으로 세계를 제패했다면, 고도의 정신력 싸움인 바둑에서, 한국의 무적함대 이창호 선수는, 후지산같이 우뚝 선 일본의 철옹성 바둑을 소리없이 잠재워 일본인의 자존심을 무너뜨렸다.

두 어린 선수의 이러한 쾌거는 우리에게 36년간 아픔을 딛고, 경제 사회 문화 등 모든 분야에서 식민 통치국 일본을 넘어설 수 있다는 자신감을 안겨 주는 계기가 되었다.

프로야구, 골프, 양궁, 태권도를 비롯한 각종 스포츠는 물론 피아노, 바이올린, 성악, 영화, 드라마, K팝 등 한류가 세계를 누비고, 조선 철강, 반도체, 가전, 자동차, 스마트폰 등 우수 국산품들이 세계를 누비고 있다.

축구, 배구, 핸드볼 등 주요 구기 종목에서 중국이 한국한테 번번이 패하자, '공한증'이라는 말이 유행하기도 했다. 13억 중국이 작은 이웃에 번번이 패하니, 수긍하기 어려웠을 듯하기도 하다.

중국 언론에 "한국인에게는 중국인에 없는 그 무언가가 있다"는 논평이 있었다고 한다. 필자도 그 논평에 전적으로 동감한다. 필자의 생각에도 분명 우리 민족은 그 무언가 뛰어난 유전자를 지니고 있는 것 같다.

반만년 역사 사상, 900번이 넘는 외침에도 끈질기게 이겨 내고, 우리말, 우리 글, 우리 문화를 훌륭하게 지켜왔다. 그리고 남북 분단의 역경을 딛고, 21세기 세계 10대 강국으로 발돋움하고 있다. 세계 어느 민족도 쉽게 이룰 수 없는 기적을 우리는 이루어 내고 있는 것이다.

3

일부 비관론자들은 대한민국은 일본의 앞선 기술과 중국의 물량 공세에 밀려 샌드위치 신세가 될 것이라고 걱정했지만, 예상과는 달리 우리는 지금 일본을 넘어 세계를 누비며 발돋움하고 있지 않은가?

다만 산업, 경제, 문화 등 모든 분야에서 세계를 누비고 있지만, 이들을 뒷받침해 줘야 할 정치가 문제다. 반대를 위한 반대가 끊이지 않고 극한투쟁을 일삼는다. 국민을 위한 정치보다 당리당략黨利黨略과 집권욕에 급급하고 있다. 국회가 국민을 걱정하기 전에 국민이 국회를 걱정해야 할 판이라고 입을 모은다. 이런 국민들의 마음을 등에 업고 '새 정치'의 깃발을 들고 안철수라는 신기루가 등장하는 듯했지만, 거센 정치권의 파고를 넘지 못하고 있는 것 같다. 지역, 학연 연고로 굳어진 우리의 고질적인 정치 상황을 개혁하기엔 역부족인 듯싶다.

이러한 답답한 우리의 정치 상황으로, 정치 불신이 팽배해 있고, 정치인 스스로 우리 정치는 4류정치라고 개탄할 만큼 정치 발전의 탈출구가 보이지 않는다.

4

6.25전쟁 직후 우리 사회는 가난과 투쟁의 시대였다. 사회엔 깡패와 폭력집단이 득세하고 초등학교 교정에도 피 터지는 격투가 유행병처럼 번졌었다. 정치불신과 4류정치의 가장 큰 원인은 후진적 투쟁정치이다. 선진 국민 의식은 투쟁을 반대한다. 돌이켜 보면 각종 극한투쟁들이 국민을 위한 투쟁이기보다는 정권을 위한 투쟁일 경우가 대부분이었다. 대부분 일반 국민들이라면 투쟁에 관심도 없고, 투쟁이라는 말만 들어도 짜증이 날 지경이다.

부부싸움이 그치지 않는 가정이 흥할 수 있겠는가? 모든 정치권은 정신 바짝 차리고 '일류민족 4류정치'라는 오명을 벗기 위해 타협과 상생의 정치를 보여줘야 될 것이다. 유난히 교통사고가 많은 도로가 있다면, 운전자를 탓하기 전에 도로부터 고쳐야 하듯, 4류

정치의 굴레를 벗어나기 위해서는 누구를 탓하기 전에 일류정치에 맞는 좋은 제도가 필요하다는 생각이 든다. 말로만 하는 새 정치가 아닌 새 정치를 담을 그릇이 필요하다는 얘기이다.

따라서 극한투쟁이 필요없는 창조적 선거제도 이른바 〈득표비례 10년 분할 대통령 임기제〉를 제안하고자 한다.

/

나는 집권당이외다

/

1

작금 우리 정치판엔 여야 공히 친박·비박, 친노·비노, 주류· 비주류 등 편 가르기 계파 싸움으로 몸살을 앓고 있다. 모 국회의원은 자기가 몸담고 있는 3년 동안 당 대표를 13차례나 교체했다며 편 가르기 정치를 꼬집는다. 어느 누가 당 대표가 되든 대통령이 되든 반대편에서 끌어내리려고 발목 잡고 매달리는 것이다. 조선시대의 이른바 동인·서인, 남인·북인, 대북·소북, 노론·소론 등 편 가르기를 통한 당파싸움을 보는 듯하다. 오랜 당파싸움으로 국력을 소모하여 결국은 메이지유신으로 똘똘 뭉친 일본에 치욕을 당하지 않았던가? 우리 민족이 일본인보다 무능해서가 아니고 지도층들이 당파싸움으로 국력을 기르지 못했기 때문일 것이다. 물론 민주주의 국가에서 다양한 의견이 충돌하는 것은 어쩔 수 없는 일이라고 치부할 수도 있겠지만, 당파싸움 계파싸움 등 꼬리를 무는 정치권의 진흙탕 싸움이 국민들을 지겹고 짜증나게 하고 있어 우려하지 않을 수 없는 실정이다.

2

개그맨 이경규 씨가 모 방송국 토크 프로에서 당시 여당 대표인 박근혜 대통령 예비 후보에게 "연예인 A씨는 야당 성향이고 B씨는 여당 편인데, 나는 여당 편도 아니고 야당 편도 아니다. 나는 항상 집권당 편이다."라고 말해 모두를 웃겼다. 수년 전 일인데 오랫동안 잊혀지지 않는 건 그 웃음 속에 의미심장한, 깊은 뜻이 담겨 있다고 생각되었기 때문이다. 연예인들이 본의 아니게 정치권의 당파싸움에 이용되거나 섣불리 참여했다가 곤욕을 치르는 등 편 가르기를 일삼는 우리 정치를 꼬집는 듯싶기도 했다.

사실 논리로 따지면 대선이 끝나면 효율적 국정 운영과 국가 발전을 위해서 모든 국민들은 당연히 집권당 편이 되어야 옳다. 야당을 지지한 국민들도 선거 결과에 승복한다면 집권당의 정책에 따르는 것이 민주주의의 기본 이념일 테니까 말이다. 초등학교 시절 들뜬 마음으로 소풍 갈 장소를 결정하는 어린이 회의를 한 기억이 난다. 두세 군데 목적지를 정해 놓고 열띤 토론 끝에 투표를 해서 하나의 목적지가 결정되면 모두가 승복하고 한마음으로 즐거운 소풍을 보내곤 했었다. 내가 원치 않는 장소로 소풍을 간다고 불평하거나 훼방하는 사람은 하나도 없었다. 투표결과에 승복하고 대의에 충실했던 것이다.

일단 집권당이 결정되었으면 모든 국민들은 새 집권당의 성공을 기원하고 힘을 실어 주는 게 도리이고, 그야말로 당파를 떠난 진정한 국민통합이라고 여겨진다. 야당도 선거 전에 아무리 치열하게 싸웠더라도 일단 집권당이 결정되었으면 발목 잡기를 멈추고 공을 집권당에 넘겨 줘야 한다. 그래야 새 정권이 강력하게 국정을 펼쳐 선거공약도 지키고 경제도 살리고 시급한 민생도 돌보는 등 신바람 나는 국정 운영으로 국가를 살리고 국민들을 행복하게 할 수 있을 것이다.

3

그러나 역대 대선에서 패배한 야당들은 입으로는 선거 결과에 승복하고 국민의 뜻에 겸허히 따르겠다고 선포해 놓고, 새 정권 출발 당시부터 협조는커녕 총리 등 공무원 인사청문회부터 사사건건 발목을 잡고 국정 운영을 훼방해 왔다. 과일을 따기 위해 나무에 오를 사람을 뽑아놓고 높이 오르기도 전에 발목을 잡고 흔들어대는 꼴이다. 이는 특정 당을 지목하는 게 아니고 양대 정당 공히 그랬음을 지적하는 것이다.

메르스 사태에 정부가 신속하게 대응하지 못해 호미로 막을 것을 가래로 막는 우를 범했다. 물론 늑장 대응한 인적 책임이 크다 하겠지만, 세종시 소재 행정부처 고위직들이 국회에 불려다니느라 물리적 행정 공백도 한몫을 했을 것이라는 해석도 있다.(동서고금 세상 어느 나라에서도 유례를 찾아볼 수 없는 반토막 수도 이전의 부작용이 나타나고 있는 것이다.)

국회 선진화법으로 무장한 야당이 사사건건 발목을 잡으면 식물국회는 물론 정부의 행정기능 마비까지 초래할 수 있어 심히 우려된다. 국회 선진화법은 폭력국회를 없애고 대부분 쟁점사항에 대하여 여야가 협상과 타협으로 국정을 풀자는 취지까지는 좋으나, 타협이 되지 않을 경우에 대한 구체적 대안이 없다는 맹점을 가지고 있다. 따라서 시급한 민생 법안들이 장기간 국회에서 잠자다거나, 국민연금 개정법에서처럼 민생법안을 끼워 팔기식 정치 흥정으로 해결하려다가 국민들의 심한 질타를 받기도 했다.

4

내가 지지하지 않은 정당이 집권했다고 해서 국민의 뜻을 무시하고 집권당의 발목을 잡고 흔드는 것은 고질적인 정치 불신만 가중시키고, 결과적으로 온 국민을 피해자로 만드는 어리석은 소치일 뿐이다. 따라서 낙후된 우리 정치의 선진화를 위해, 내가 지지하지 않은 정당이 집권당이 되더라도 대의大義를 따라 새 정권의 원활한 국정수행에 협조하는 선진적 국민의식이 필요하다는 생각이 든다. 집권당의 국정수행에 협조하는 것이 선거결과에 승복하는 것이고, 국민과 국가를 위하는 길이며, 당파와 계파를 떠나 국민 대통합을 이루는 정도正道가 아닐까?

필자도 실은 김대중, 이명박, 박근혜 정권을 적극 지지했고, 노태우·노무현 후보는 지지하지 않았지만 노태우 정권의 5공청산과 민주화 과정에 박수를 보냈고, 노무현 정권의 탄핵을 반대하는 등 두 정권을 모두 지지하고 응원했었다. 우연찮게 필자는 국민의 한 사람으로서 줄곧 집권당 편에 있었다고 말할 수 있을 듯싶다. 진짜로 나라를 걱정하고, 나라를 위하는 국민이라면 새 정권(집권당)이 잘되기를 바라는 것은 당연한 일이다.

집권당은 언제든지 바뀔 수 있다. 따라서 '모든 국민들이 편 가르기 없이 항시 집권당 편에 선다면 발목 잡기 정치나 당파 싸움 등이 완화되어 수월한 국정 운영으로 정치권은 물론 국민과 국가가 모두 승자가 될 수 있지 않을까' 상상해본다.

/

나라를 살리는 득표 비례 10년 분할
대통령 임기제

/

1

20대 국회가 들어서며 여기저기서 개헌에 대한 다양한 생각들이 분출되고 있는 것 같다. 그러나 작금 우리의 정치 구도상 개헌이 쉽게 합의될 것 같지도 않고, 뚜렷한 대안 없는 개헌은 국력 소모일 뿐 별무신통別無神通으로 보인다. 대통령제 유지냐 의원내각제나 이원집정부제 등 현존하는 그 어떤 정치체제를 택하든 고질적痼疾的 우리 정치를 획기적으로 개선시키기엔 한계가 있어 보인다.

동물국회. 식물국회. 최악의 국회라는 오명으로 얼룩지고 만신창이가 된 우리 정치! 정치가 국민을 걱정하기 전에 국민이 정치를 걱정해야 할 만큼 답답한 우리 정치판을 근본적으로 바꿀 뚜렷한 대안代案이 전제된 개헌이 되어야 할 것이다.

우리 정치의 가장 시급하고 중대한 문제가 발목 잡기 정치를 없애는 것인데, 어떠한 정치 구조로 바꾸어도 투쟁정치를 근본적으로 막을 수는 없다고 여겨지기 때문이다. 정치란 본래 그렇게 시끄러운 것이라 치부할 수도 있겠지만 선진 민주의식에 부합되는 창조적 정치제도가 필요하다는 생각이 든다. 즉 개헌을 하느냐 마느냐가 중요한 것이 아니고, 우리 정치를 획기적으로 개선시킬 수 있는 대안을 찾는 것이 중요하다는 생각이다.

2

개헌의 주도 세력인 국회에서 나오는 얘기를 들어보면 제왕적 대통령제의 폐해弊害를 거론하며 이원집정제나 의원내각제 등 의회주의를 강화시키고 싶은 눈치이다. 군사독재의 경험이 있는 우리의 입장에서 선뜻 반가운 얘기로 들리기도 한다.

그러나 작금 우리 국회의 현실을 보면 생각이 달라진다. 세계 최고의 각종 특권으로 무장한 우리 국회의원들은 갑 중의 갑이다. 장관, 기관장, 재벌, 총리는 물론이고 심지어 대통령에게까지 호통, 막말, 모욕적 언어폭력을 예사로 하는 무적의 슈퍼 갑도 한둘이 아니다. 부지기수이다. 이른바 제왕적 대통령도 이들 슈퍼 갑한테는 초라한 을에 불과했다.

지금 많은 국민들은 제왕적 대통령이 문제가 아니고 제대로 일은 못 하고 특권과 갑질로 국민을 실망시키는 국회가 먼저 환골탈퇴해야 된다고 믿고 있다. 이런 국회가 제왕적 대통령 운운하는 것은 적반하장賊反荷杖이 아닐까?

국민의 대표인 국회의원들이 신성한 국회에서 멱살 잡고 싸우는 건 기본이고, 옆차기 공중차기 등 각종 무술이 등장하고 쇠망치와 전기톱으로 문짝을 부수더니 심지어 최루탄을 투척하는 등 국회 폭력 사태가 도를 넘고 있다. 국회가 국민들의 삶을 걱정하기 전에 국민들이 국회를 걱정해야 될 지경이다. 부부싸움이 심한 집안에 자녀교육이 제대로 이루어질 수 있겠는가? 국민의 대표인 국회의 원들의 폭력사태는 자라나는 청소년들에게, 특히 국회에 견학 간 학생들에게 부끄러울 지경이라고 입을 모은다.

'4류정치'라는 국민들의 따가운 여론에 밀려, 울며 겨자 먹는 심 정으로 허겁지겁 '국회 선진화법'을 만들었으나, 폭력 국회보다 더 한심한 식물국회, 무능국회를 자초했다. '국회 선진화법'이 발목 잡 는 정치에 날개를 달아 준 꼴이 되고 있다. 폭력국회, 동물국회가 아무것도 할 수 없는 무능국회, 식물국회로 전락하였고, 국민을 위 한 신성한 법률안을 볼모로 물물교환이나 끼워 팔기식 협상을 하 는 등 당리당략을 우선 챙기려는 '무책임한 국회'로 국민들의 가슴 속에 각인되고 있다. 국민은 안중에도 없는 듯하다. 국민들의 시선 을 조금만이라도 의식했더라면 19대 국회가 '발목 잡는 국회', '최악 의 국회'라는 오명을 쓰는 일은 없었을 것이다.

국회 선진화법에 대한 헌법소원마저 기각된 마당에 쥐가 고양이 목에 방울을 달 수 없듯, 국회 스스로 선진화법에 묶여 손댈 수 없 으니 답이 없어 보인다.

두 마리 염소가 외나무다리에서 만났을 때 서로 협상이 안 된다면, 적게 간 쪽이 양보하는 게 순리이고 민주주의의 원칙이 아니겠는가?

3

우리는 지금 5000년 역사 사상 보기 드물게 전 세계에 국위를 떨치고 있다. 조선, 철강, 자동차, 반도체, TV, 스마트폰 등 각종 산업기술은 물론이고 경제, 한류문화, 예술, 스포츠 등 세계 일류국가를 향해 발돋움하고 있는 것이다. 우리 국민은 역사적, 문화적으로는 물론 정보통신이나 교육 수준 등에서 세계 일류국민 반열班列에 와 있다고 여겨진다.

오직 정치분야만이 후진적 4류정치를 벗어나지 못하고 있는 것이다. 이유 여하를 막론하고, 여야를 막론하고, 국무총리 등을 인준하는 데 온 나라가 시끄럽게 허송세월하는 정치! 직무수행 능력 검증은 실종되고 오직 상대방을 흠집 내서 정치적 이득 챙기기에 급급할 뿐 국정의 정상화나 민생 안정엔 관심조차 없어 보이는 인사청문회!

이는 특정 정당의 문제가 아니다. 김대중, 노무현, 이명박, 박근혜 정권 초기에 국무총리 등의 인사청문회를 새 정권의 순탄한 출발을 훼방하려는 '발목 잡기' 도구로 삼아왔음을 국민들은 주시하고 있다. 말 없는 일류 국민을 바보로 보는 4류정치가 있을 뿐이다.

새 정치가 뭔가? 군사정권 때부터 작금에 이르기까지 저마다 새 시대 새 정치를 내세워 왔지만 새로운 알맹이는 없고 정권욕에 눈이 먼 공염불일 뿐이었다.

새 정치를 이루기 위해 가장 시급하고 중요한 것이 이른바 '발목 잡기 정치'를 타파하는 것이고 이를 위한 창조적이고 획기적 제도 개선(알맹이)이 필요하다는 생각이 든다.

4

제도 개선의 핵심은 고질적 발목 잡기를 없애기 위해 '2위 득표자(야당)를 인정'해 주자는 것이다. 근소한 차이로 낙선한 2위 지지자들의 민심을 사멸시켜서는 안 된다는 점이다.

올림픽 경기에서 2위 하면 은메달이라도 따는데, 대선에서 2위 하면 상은 고사하고 연대책임을 져야 한다. 더구나 근소한 차이로 낙선될 경우, 국민의 절반에 가까운 민심이 사멸된다는 계산이 나온다.

대선 2위 득표자에 득표에 합당한 임기를 부여함으로써 극단적 정치투쟁의 소지가 사라져 타협과 상생의 정치풍토를 이루는 계기가 될 것이다.

18대 대선의 예를 들어보면, 박근혜 후보 15,773,128표(51.6%), 문재인 후보 14,692,632표(48.0%)로, 유효투표자의 48%(절반에 가까운 국민)의 민심이 사멸되었다.

따라서 많은 지지자들(이른바 친노 강경파 중심)이 대선 탈락의 상실감으로 사사건건 새 정권의 발목을 잡는 것으로 판단된다. 박빙(3%)의 차이로 낙선한 48%의 지지자(국민)들이 대선 패배를 인정하고 결과에 승복하는 것은 결코 쉬운 일이 아닌 듯싶다. 따라서 국정원 선거개입 문제나 세월호 사건 등으로 새 정권 초기부터 끊임없는 국정 발목 잡기로 정치 불신과 국력 낭비만 초래했다.

1위(51.6%)와 2위(48%)의 차이에 어떠한 의미가 있는 것인지 재고해 봐야 될 것 같다. 대통령 선거는 메달을 걸고 기량을 겨루는 운동경기와는 달라야 되지 않을까? 1위에게 전 정권을 주고 2위 표는 사멸시키는 현 대선제도는 흑백논리의 표본으로 판단된다. 우리 정치의 고질병인 발목 잡는 4류정치의 근본 원인이 바로 2위 득표자에 대한 민심을 대책없이 사멸시키는 불합리한 선거제도라고 판단된다.

이런 불합리한 제도를 국가 제도의 상위에 두고 우리 사회에 만연된 '나만 옳고 너는 틀리다.'는 흑백 논리를 나무랄 수 있겠는가? 2등도 대우받는 사회를 위해서라도 대선 2위 탈락자에 득표한 만큼 임기를 부여하는 제도가 필요하다는 생각이다.

따라서 대통령 임기를 10년으로 하고, 1위와 2위가 득표율에 따라 다음과 같이 임기를 분할 부여함으로써 여야 모두가 승자가 될 수 있을 것이다.

■ 득표 비례 10년 분할 대통령 임기제 기준안

A. 초박빙(득표율차 1%미만)……1위(여당 5년), 2위(야당 5년)

B. 박빙(득표율차 10%미만)……1위(여당 6년), 2위(야당 4년)

C. 우세(득표율차 30%미만)……1위(여당 7년), 2위(야당 3년)

D. 초우세(득표율차 30%이상)……1위(여당 10년), 2위(야당 0년)

1) 위와 같은 방식으로 득표율에 비례하여 임기를 분할 실시하되, 득표율 차이(%)는 정치 상황에 맞게 조정할 수도 있다.

2) 대기 중 임기자의 대우는 국무총리급에 준한다.(경호 및 소통상 청와대 상주도 고려)

3) 대기 중 임기자에게 야당 대표와 대통령 고문 역할을 부여하여 국정에 참여할 수 있도록 한다.

■ 참고: 역대 대선후보 득표비례 10년 임기분할 예시

16대 대선 결과

· 1위 득표자……노무현 12,014,277표(48.9%)

· 2위 득표자……이회창 11,443,297표(46.6%)

· 득표율차(2.3%) 박빙단계에 해당됨(노무현 6년, 이회창 4년)

17대 대선 결과

· 1위 득표자……이명박 11,492,389표(48.7%)

· 2위 득표자……정동영 6,174,681표(26.1%)

· 득표율차(22.6%) 우세단계에 해당됨(이명박 7년, 정동영 3년)

18대 대선 결과

· 1위 득표자……박근혜 15,773,128표(51.6%)

· 2위 득표자……문재인 14,692,632표(48.01%)

· 득표율차(3.6%) 박빙단계에 해당됨(박근혜 6년, 문재인 4년)

■ 본 제도의 시행시 단계별 문제점 및 고려사항

앞으로의 대선 추세는 다수당이 출현한다 해도 야당 단일화로 이어질 가능성이 많아 결국은 양당체제의 치열한 접전이 예상된다. 최근 일부에서 주장하는 대선 결선투표제는 경제적·시간적 부담이 클 뿐 아니라 야당후보 단일화가 사실상 대선 결선제 기능을 하고 있어 실현되기 어려울 것으로 보인다.

따라서 득표차가 대부분 박빙(표차 10%미만)단계로 나올 것으로 여겨진다. ********예상확률(80%)

(16대 노무현, 이회창, 18대 박근혜, 문재인에 해당)

초박빙(득표차 1%미만)단계가 나올 경우 대통령 임기가 1위 5년, 2위 5년으로, 더욱 공평하고 이상적인 정치구도가 이루어져 상생정

치를 기대할 수 있을 것으로 여겨진다. ******* 예상확률(9%)

우세(득표율차 30%미만)단계가 나올 경우 여당의 일방적 압승을 의미한다. *****예상확률(9%), (17대 이명박, 정동영에 해당)

초우세(득표율차 30%이상)단계가 나올 경우는 희박할 것으로 여겨진다. *****예상확률(2%)

■ 〈득표비례 10년 분할 대통령 임기제〉의 기대효과

1. 타협과 상생의 정치풍토, 이른바 협치協治를 기대할 수 있다

요즈음 우리 정치 현실을 보면 마치 8각의 철망 속에서 혈투하는 이종격투기를 보는 듯하다.

국민의 대표이고 지도자격인 정치인들이 국민 앞에서 입만 열면 서로 헐뜯고 할퀴는 진흙탕 싸움을 일삼는다. 부부가 매일 헐뜯고 진흙탕 싸움을 일삼는다면 그 가정과 자녀는 어떻게 되겠는가? 자녀교육을 위해서라도 부부가 서로 존중하고 칭찬하는 모습을 보이듯, 우리 정치권도 진정 국민을 위한다면 발목 잡는 정치, 투쟁의 정치를 청산하고, 대화와 타협의 정치에 나서야 할 것이다. 자라나는 청소년들에게 서로 헐뜯는 모습보다, 서로 존중하고 타협하는 모습을 보여줄 수는 없을까?

폭력국회를 면하려고 국회 선진화법을 탄생시켰으나, 이는 폭력

국회보다 더 한심한 식물국회라는 비난이 많다. 세계 어느 나라에서도 볼 수 없는, 민주주의의 근본을 훼손하고 우리나라 헌법정신에도 반하는 사생아를 탄생시킨 것이다.

"국회가 선진화법을 무기로 국정과 민생을 훼방한다."

"여야가 법률안을 인질 끼워 팔기식 거래를 하고 있다."

"국민의 95%가 국회를 믿지 않는다. 국회는 죽었다."

라는 여론이 들끓고 있다. 그러나 선진화법의 개선은 선진화법의 적용을 받아 결코 쉽지 않아 보인다,

따라서 본 제도를 통해 대선에서 1위와 2위가 공동 승자가 되어, 우리 정치의 고질병인 발목 잡기나 극한투쟁 등이 필요 없어지고 '윈윈 정치', '상생의 정치' 풍토가 조성될 것이다. 그동안 우리 정치가 보여 주지 못한 '협치 풍토'가 마련될 것이다. 여야가 공동 집권자 입장에서 선진화법의 순기능을 살려 나갈 수도 있을 것이다. 선진국의 문턱에 선 우리 국민들은 투쟁보다는 대화와 타협의 정치를 보고 싶어 한다. 특히 야당도 국정의 소외자가 아니고 10년 동안 공동 참여함으로써 정치적 안정과 선진정치 실현의 기틀이 될 것으로 판단된다.

2. 막대한 직간접 선거 비용이 절반으로 절감된다

4년마다 하는 총선, 5년마다 하는 대선 등 잦은 선거는 많은 사회적 비용과 국력 낭비를 초래하고 있다. 적어도 수천억 원의 선거 비용 및 사회적 비용이 간단하고 확실하게 절감될 것으로 추산된

다. 절감된 비용을 서민복지나 사회간접시설 투자에 요긴하게 쓸 수 있다.

3. '새 정권 입덧'이라는 우리 정치의 고질병이 치유된다

민주화되면서 새 정권 초기에 혹독한 정권 저항운동으로 국정 마비나 국력 낭비사태가 재현되고 있다. 김대중 정권에는 총리인 준 거부로, 노무현 정권에는 행정 수도와 탄핵 정국으로, 이명박 정권에는 한미 FTA로, 박근혜 정권에는 제주 해군기지와 세월호 사건 등으로 새 정권에 대한 저항운동이 재현되고 있다. 대선에서 2위로 패배한 야당 지지자들의 상실감이 새 정권에 대한 저항운동으로 표출되고 있는 것이다. 따라서 본 제도를 통해 2위에게 득표에 상당하는 임기를 줌으로써 정권 초기 저항운동이 사라질 것이다.

4. 국민들의 이른바 '선거 스트레스'를 줄여준다

잦은 선거는 사회적 소란, 소음 등으로 국민적 스트레스가 되고 있다. 선진국으로 갈수록 투표율이 낮아진다. 선진 유권자들은 이미 누가 정권을 잡든 크게 달라질 것도 없다고 생각하기 때문일 것이다. 잘 살수록 선거와 정치에 관심이 적어지는데, 잦은 선거는 국민들을 짜증나게 할 뿐이다. 5년마다 하는 대선보다, 10년마다 하는 대선이 국민을 2배 편하게 하는 현명한 선택이 될 것이다.

5. 국정의 효율성을 이룰 수 있다

2015년은 선거가 없어 경제 살리기에 좋은 해라는 이야기를 정부 최고 책임자들이 입을 모아 강조하고 있다. 이를 바꾸어 설명하면 선거가 있는 해에는 경제 살리기가 어렵다는 이야기가 된다. 국정운영을 효율적으로 하는 데 방해가 되는 선거를 반으로 줄이는 것은 바람직하고, 효과적인 시책으로 판단된다.

6. 야당의 정체성과 정치적 안정을 이룰 수 있다

대선에 패한 야당은 극도의 실망감과 상실감으로 구심력을 잃고 '극한투쟁', '무조건 반대', '절대 반대' 등 새 정권의 발목 잡기에 급급했으나, 차기 수권 정당으로 보장된다면 정치적 안정감과 책임감 있는 야당의 모습을 기대할 수 있을 것이다.

야당도 국정의 소외자가 아닌 국정의 책임자로서 반대를 위한 반대보다는 국가와 국민을 위한 책임있는 정책 견제를 할 수 있을 것으로 여겨진다. 특히 집권에 대한 불확실성이 야당의 불안이나 분열의 요인이 되고 있는바, 야당도 상당한 임기를 부여받음으로써 정치적 안정을 이룰 수 있을 것이다.

7. 대선의 막판과열을 완화시킬 수 있다

16대 대선의 막판에 '아들의 병역문제', 17대 대선의 막판에 '단일화 공조 철회', 17대 대선의 막판에 '국정원 선거 개입 폭로' 등 진위에 관계없이 우선 당선되고 보자는 식의 사활을 건 온갖 악의적인 음모들이 난무했다.

선거 때마다 나타나는 이러한 막판 뒤집기식 야만적 선거 운동은 국민들을 정말 짜증나게 한다. 누구 말이 옳은지 헷갈리고 황당해진다. 유권자의 냉정한 선택권을 유린하는 비열한 처사이다. 표만 된다면 무슨 짓이라도 하는 정치인들에 대한 불신만 증폭될 뿐이다.

8. 본 제도가 시행되면 2위 득표자도 집권자가 될 수 있기 때문에 사생결단이 아닌 여유있는 선거운동이 가능해질 것이다. 즉 보험에 들고 선거에 임하는 안정감을 가질 수 있다.

9. 본 제도가 시행되면 야당, 여당, 정부, 국민 등 모든 주체가 수혜자가 되기 때문에 반대하는 사람이 없을 것이다.

10. 본 제도가 시행되면 세계 민주주의 사상 최초로, 한 번의 선거로 2명의 대통령을 뽑는 한류 민주주의가 탄생이 될 것이다.

11. 본 제도는 득표율에 따라 5년, 6년, 7년, 10년의 임기가 가능하기 때문에 최근 거론되고 있는 5년 중임제 성격을 내포하고 있다.

*다비드 판 레이부라우크는 그의 저서 『국민을 위한 선거는 없다』에서 민주주의의 선거가 소수 엘리트들의 정치적 입지 보장을

위한 제도로 변질되고 있음을 지적하고 있다. 어차피 누구를 뽑든지 크게 달라질 것 없는 정치판에 국민들이 이용당하고 있음을 꼬집고, 차라리 추첨을 통해 일반서민들이 정치에 참여하는 방안을 제시하고 있다. 한때 치맛바람의 폐해를 막기 위한 초등학교의 일일 반장제가 연상되는 기발한 발상이라는 생각이 들기도 한다.

그렇다고 일국의 대통령을 그리 할 수는 없는 일이고, 한 번의 선거로 10년에 2명이 분할하는 본 제도는 고질적 우리 정치를 개혁하고 새 정치를 실현할 유력한 대안이 될 수 있을 것이다,

구태정치, 투쟁정치 등 4류정치의 근본원인이 대선에서 분패한 야당의 새 정권 발목 잡기에서 비롯되고 있다. 대선에서 1위 득표자는 5년 동안 정권을 독식하고, 2위 득표자는 득표율에 관계없이 무조건 탈락시키는 제도 때문으로 판단된다.

2위 득표자도 패자가 아닌 2% 부족한 당선자로 인정하여 집권의 기회를 줌으로써, 정권 심판과 정권 교체에 혈안이 될 수밖에 없었던 야당의 입장에서, 최소한 차기 정권이 보장되니 정치 심리적으로 안정감 있게 정책대결에 임할 수 있을 것이다. 특히 우리 정치의 고질병인 발목 잡기가 사라져 상생의 정치. 선진정치. 일류 정치의 기틀이 될 것으로 여겨진다.

따라서 본란을 통하여 여야 정치인은 물론 온 국민들께 〈득표비례 10년 분할 대통령 임기제〉를 제안하고자 하는 것이다.

■ 본 〈득표비례 10년 분할 대통령 임기제〉에 대한 궁금증

[문 1] 최근 거론되고 있는 개헌논의와 본 제도의 관계는?

[답] 본 제도는 대통령 중심제를 전제로 하고 있다. 오랜 군사 독재에서 국민적 각고刻苦 끝에 대통령 직선제를 쟁취한 지 20여 년이 지난 지금, 국회에서는 제왕적 대통령제 운운하며 의원 내각제나 이원집정부제를 거론하고 있는 듯하다.

그러나 평범한 우리 국민들이 보기엔 제왕적 대통령이 문제가 아니라 제왕적 대통령한테 갑질을 하는 얼룩진 국회가 더 문제라는 생각이 든다.

특히 16대 노무현 정권 초기부터 탄핵정국 등으로 대통령의 발목을 잡아 대통령 못해 먹겠다는 얘기가 나올 정도로 국회의 갑질이 심했고, 이에 보복이나 하듯 17대(이명박 정권)과 18대(박근혜 정권)에도 국회의 대통령에 대한 발목 잡기와 갑질은 더욱 거세졌었다.

그럼에도 불구하고 제왕적 대통령 운운하며 내각제를 들먹이는 것은 적반하장賊反荷杖이요, 국회가 아예 대통령직까지 틀어쥐겠다는 뜻으로 보인다. 동물국회, 식물국회, 안하무인眼下無人, 호통치기, 원색적 막말, 각종 부당한 특권과 갑질 등으로 얼룩진 국회가 이번엔 아예 대통령직까지 넘보고 있는 것이다. 고양이한테 생선 맡기는 꼴이 될까 걱정된다.

국가와 국민을 위한 개헌이 아니고 당리당략이나 특수 기득권을 위한 개헌이 되지 않도록 국민들의 지혜를 모아야 될 것으로 생각된다. 미국, 영국, 프랑스 등 선진 민주국가들은 대통령제든 내각제든 수백년 묵묵히 지켜가고 있다. 어떤 체제든지 장단점이 있기 마련이다. 조삼모사朝三暮四 하지 말고 수십년 지켜온 우리 체제(대통령 중심제)를 갈고 닦을 지혜가 필요할 때라고 판단된다.

따라서 재삼 강조하건대 16, 17, 18대 대선을 돌이켜 보면 현 우리나라 대선제도는 '사생결단', '흑백 논리', '너 죽고 나 살자', '이종격투기'를 연상

할 만큼 치열하게 과열되고 있다. 싸우는 사람을 탓하지 말고 합리적 제도 개선으로 상생하는 정치풍토를 마련하는 지혜가 필요하다고 여겨 본 〈득표 비례 10년 분할 대통령 임기제〉를 제안하는 것이다.

[문 2] 대통령의 임기를 10년으로 하고 득표율에 따라 여야가 임기를 나누어 갖게 하겠다는 것인데 초등학교 반장 뽑는 듯 가벼운 느낌이고 역사에도 없는 좀 위험한 발상은 아닌가?

[답] 그 말썽 많던 초등학교 반장선거를 없애고 윤번제로 해서 정상화시킨 건 사실이다. 그러나 1인 독점을 막는다는 취지는 비슷하지만 본 제도는 선거 자체를 없애는 게 아니고 선거 결과의 사표死票를 인정해 주는 제도로서 오히려 국민의 의사를 더 충실히, 정확하게 반영할 수 있다고 본다.

그리고 본 제도가 민주주의 역사에도 없는 처음 가는 길이지만, 정보화 시대에 부합하는 능률적인 선거제도가 필요한 것으로 본다. 국민들은 선거에 흥미를 잃고 있다. 어차피 선거는 항상 그들만의 파티(잔치)일 뿐이니까. 어느 당이 정권을 잡든지 시스템으로 운영되는 국가나 사회가 크게 달라질 것도 없다. 미래와 정보화 시대에 맞게 선거를 간소화하는 것은 시의적절時宜適切하다고 본다.

남북 경제통합

/

1

탈북자들의 증언에 따르면 북한의 고위층 실세들 사이에 "세계적 경제 강국인 남조선과 세계적 군사 강국인 북조선이 통일되면 그야말로 강성대국이 될 수 있다"라는 이야기가 돌고 있다고 한다. 그럴 법한 이야기라는 생각이 들고, 이른바 북한식 통일 대박론쯤으로 이해된다.

북한식 통일 대박론의 내심에는 6.25전쟁 이후 북한에서는 전쟁 준비에 여념이 없는 동안, 남한에서는 기적적 경제 성장을 이루어, 철강, 조선, 반도체, 자동차, 전자, 스마트폰 등 핵심 산업에서 세계를 주름잡고 있음을 인정하고 선망羨望하는 듯싶기도 하다. 아랫동네(남한)에서 나온 각종 전자제품이나 자동차 등이 튼튼하고 우수하다고 입소문이 나 있고, 상표를 떼고 은밀히 쓰고 있는 사람도 늘고 있다고 한다.

대중가요를 시작으로 영화와 드라마 등 한류문화가 인민대중에 빠르게 젖어들고 있고, 남한의 앞선 산업기술과 경제력을 인민들이 피부로 느끼고 있는 것으로 보인다. 교통수단과 정보통신 등의 발달로 지구촌이 글로벌화되고 있는 마당에 오직 북한만 고립을 계속할 수 있을까? 손바닥으로 햇빛을 가릴 수 없듯이 무력으로 자유의 물결을 막는 데에는 분명 한계가 있을 것이다.

2

2010년 말 한국의 광물자원공사는 북한의 광물자원 잠재 가치가 6천 5백조 원으로 우리의 24배에 이른다고 발표했고(희토류, 탄탈륨, 우라늄 제외), 2012년 민간연구 단체인 북한자원 연구소에서는 북한의 18개 광물자원의 잠재 가치를 9조7천5백억 불(1경 1천억 원)로 추산했다. 마그네사이트 매장량은 60억 톤으로 세계 3위, 흑연은 세계 4위, 철광석은(6,200억 불 추산) 남한의 133배에 달하고, 이 밖에 석탄과 금, 은, 동, 아연, 희토류, 우라늄 등 풍부한 지하자원을 잠재우고 있는 실정이다. 외화벌이를 위해 석탄과 철광석 등 일부만 중국에 헐값으로 수출할 뿐(2012년 기준 12억 불) 전력과 인프라 부족으로 개발이 부진한 실정으로 보인다. 북한은 천문학적 규모의 막대한 지하자원과 인적자원을 가지고 있고, 우리는 우수한 개발기술과 자본력을 가지고 있다. 당장이라도 통일이 된다면 환상적 시너지 효과를 기대할 수 있는 것은 자명한 일이라 하겠다. 이러한 환상적 기회를 단일민족 국가로서 상호 협력하지 못하고 중국이나 러시아 등 제3국에 넘겨주는 우를 범해서는 아니 될 것이다. 장성택의 죄목 중 하나가 '지하자원을 중국에 헐값으로 팔아 치부한 혐의'였다는 설도 있고, 이미 다수의 3국 기업들이 북한의 각종 지하자원 개발에 진출하거나 눈독을 들이고 있는 것으로 알려지고 있다.

3

절대적 자원빈국인 우리는 지금 세계 곳곳에서 어려운 여건을 무릅쓰고 석탄, 석유, 가스 등 각종 자원개발에 악전고투하고 있다. 우리 땅의 고귀한 자원을 제3국에 넘겨주는 비극이 일어나지 않도록 하기 위해서라도 남과 북의 협력이 절실한 실정이라 하겠다.

세계는 지금 공산주의 실험이 종식되고 모든 나라들이 시장경제를 통한 경제 발전에 총력을 기울이고 있다. 21세기 지구촌은 식민 통치나 무력 침략의 시대가 아닌 그야말로 총성 없는 경제 전쟁의 시대가 전개되고 있는 것이다.

지구촌 유일의 공산주의 수호천사인 북한마저도 '장마당'이 활성화되고 사유재산이 증가하고 있는 것으로 알려지고 있다. 국민(인민)들이 정치보다 먹고 사는 문제(경제발전)에 더 큰 관심을 가지는 것은 인지상정이라 하겠다. 철조망과 총으로 막아도 탈북자가 끝없이 늘고 있다. 지구촌을 하나로 묶는 인터넷 등, 정보 통신의 발달로 못 먹고 못 사는 자신들의 처지를 깨닫고 벗어나려는 것이다. 고위 정치인, 군인, 예술인 등 각계각층의 지도급 인사들을 포함해 2014년 말 탈북자의 숫자가 3만 명에 육박한다고 한다.

김정은 집권 3년 만에 장성택, 현영철 등 고위급 인사 70여 명을 총살시키는 잔혹한 숙청이 계속되고 있는 것도 실은 3대 세습정권에 대한 국내외의 싸늘한 여론을 잠재우고 대규모 탈북사태나 반대 세력을 겨냥한 공포정치의 일환으로 여겨진다.

특히 최근 북한은 국제사회의 거센 반대와 제재를 무릅쓰고, 굶주린 인민들을 쥐어짜 천문학적 돈을 계속 쏟아 부어 수소폭탄 실험, 장거리 로켓 발사 등 핵개발에 더욱 사력을 다하고 있다. 3대 세습정권에 대한 조롱과 국제적 왕따를 정면 돌파하고 공포정치, 쇄국정치를 계속하겠다는 그들의 일관된 전략으로 보인다. 따라서 3대 세습정권을 포기하기 전에는 핵의 포기도 없을 것으로 판단된다. 남북분단의 역사적 원죄를 갖고 있는 일본을 비롯한 미, 소, 중 4강은 또다시 북핵문제를 한반도의 미래보다는 자국의 전략전술에 유리하게 끌고 가기 위해 신경전을 벌이고 있다.

4

세상 이치가 그러하듯 달도 차면 기울고 독재가 극에 달하면 종말이 멀지 않음을 역사를 통해 보아왔다. 봄이 되어 대동강 물이 풀리듯 지구촌 유일의 동토에도 자유와 민주의 봄은 오고 있는 것이다. 다만 핵과 3대 세습정권이라는 암초에 부딪혀 잠시 주춤할 뿐이다. 봄이 오기를 무한정 기다리기만 할 것이 아니라 열강의 틈바구니 안에서 우리의 길을 개척해 나가야 할 것이다.

따라서 한반도에서 정치적 통일이 지연되더라도, 언제 어떤 식으로든지 경제적 협력과 자원 개발이나 인프라 건설 등으로 더욱 확대하여 남과 북이 상생 발전할 수 있는 지혜로운 대책이 필요할 것으로 생각된다.

김정은도 2015년 신년사에서 과학기술, 과학영농, 경제개발 등 강성국가 건설과 남북경제, 문화 등의 협력을 강조하고 있다. 국제적 고립상태에서 우리 민족끼리의 경제 협력을 강조하는 것은 필연의 선택이었을 것이다.

복잡한 정치 문제는 접어두고, 우선 경제, 문화, 체육, 의료 등의 비군사적 교류와 협력을 지속적으로 강화할 필요가 있다고 여겨진다. 이는 6.15 공동 성명에도 언급되었지만, 복잡한 정치적 이유로 사장되고 있으니, 정경 분리원칙을 선언하고, 이른바 부총리급의 가칭 〈남북 경제 통합 위원회〉를 설치하여 지속적이고 체계적인 경제협력을 이룰 수 있도록 제안하는 바이다.

특히 북한의 지하자원 개발과 인프라 건설은 북한경제 개발의 바탕이 되고 우리 기업들에게도 좋은 기회가 될 수 있을 것으로 생각된다. 북한의 지하자원을 남과 북이 공동개발할 경우 막대한 자금이 북으로 들어가 북한 경제를 일구는 불씨가 될 것이고 남과 북 공히 일자리 창출과 경제 활성화에 절호의 기회가 될 것이 불을 보듯 뻔한 일이 아닌가?

남과 북의 경제가 활성화되고 발전하면 유럽식의 화폐통합과 경제통합으로 이어져 정치적 통일에 자연스럽게 근접할 수 있을 것이다. 이러한 절호의 경제적 기회를 살리기 위해 정치권이 발 벗고 나서야 될 것이다.

3대 세습정권이든 5년 선출 정권이든 진정으로 국민(인민)을 위한다면 정경 분리 원칙을 선언하고 남북 경제협력에 총력을 다해야 마땅하다고 판단된다. 특히 북한의 지하자원 개발 등의 기회가 제3국에 넘어가지 않도록, 남과 북의 위정자들이 머리를 맞대고 앉아 협상하고 해결하도록 촉구한다. 이는 한 개인의 주장이 아니라 7천만 민족의 소망이고 명령일 것이다.